輝け！　団塊世代の老春

どう生きた、どう生きる

東海道・中山道、弾丸自転車旅

●挿絵・青山　啓

一九四五年生まれ、豊田市在住、、第三の人生を満喫中

はじめに　楽しみはこれからだ！

戦後という言葉を歴史でしかとらえられない世代が多くなった。

むかしむかし、樽の中でサトイモを洗うかのような大賑わいの入学式、運動会があった。日本には、すべての日本人には、夢見る未来があった。求めるべき理想があった。そして、それらを勝ち取ろうとする活力がみなぎっていた。

そんな時代を過ごした団塊の世代が間もなく七十歳を迎えようとしている。夢破れ哀れに暮らしている者。心豊かに暮らしている者。いまだに走り続けて止まらない者。過去の栄光にぶら下がり続けている者。悔しく日々を生き長らえている者。

病院に図書館、ショッピングセンターにスポーツジムや文化センターに、やることもない、何もさせてもらうこともない初老老人があふれている。

しかし、この初老見習い老人たちはカツオの群れのごとく泳ぎ続けなければ死んでしまうかのように右往左往している。この戦士たちは体力もあり、考える能力もあり、社会秩序のルールもわきまえ、社会に貢献する活動も、事業としての生産活動もできる、まったく支障のない者たちであり、彼ら自身、毎日毎日何かやることはないかと悶々としながら過ごしている。それなのに、社会制度が彼らを無能者扱いして職を取り上げ、夢を取り上げ、経験を捨てさせ、年金という金を無理矢理あてがい、国家財政を赤字にしながら高級ルンペン社会を作り出している。

怠けることが好き、働かないことが高貴と考える怠け者の政治家と役人が、国家崩壊のシナリオを作り出した。これは実にもったいないことだが、選挙の票目当ての政治家が楽して飯を食おうとする人間の本能に従って生きる多くの大衆を味方につけ、多数決という民主主義のルールで世の中を進めて行く構造にした。

現代社会は、多数決が絶対的に正しいことにしてしまった結果である。しかし、多数決が正しいとは決まってもいないのに、それに依るしかできないのも人間社会である。

そんなおかしな面白い、戦後に生まれた団塊世代の日本に、たくましく生きた人たちの一生を書いてみた。あきらめない世代は「人生、後になるほど面白い」と思っている。十代より二十代、二十代より三十代、三十代より四十代、四十代より五十代、年を重ねるほど世の中が見えてくる。人の心が透けて見えてくる。

七十代、いよいよこれからが本番だ。七十歳になって人生の終局になってしまったかと考えるか、やっと出発点に立てたと考えるかでは、生きることの面白さに雲泥の差が出てしまう。

人生、後になるほど面白いものである。終局に向かい、介護で疲れ、子供や孫にも相手にされず、かといってこれといった趣味もなく、せいぜい何かおいしいものを食わせてくれるところはないか、などと考える。温泉旅行に花見にと、テレビや観光会社の宣伝に追われるようにして出かける。観光地は初老老人によってどこも大賑わいである。

文句を言いながらも、年金で生活はほどほどに豊か。マイカーにカーナビを付ければ、全国どこへ行っても道に迷うことはない。わからないことや事前の情報はインターネットで探し出し、宿泊もネット予約できて便利になったものである。

時間も自由、金も自由、身体も自由な身分になり、自由にならないものは自分の考え方だけ。脳みそを開放さえすれば、これほど面白い世界はない。

あれはできない、そんなことできない、そんなことやりたくない、こんなことできるわけがない。

人に合わせるのは苦手だ、人前に出るのは気が乗らん、今までにやったことがない、今でも幸せだと自分に言い聞かせる。

そんなことを言わずに、そんなダダをこねないで、どうしたら豊かで面白く楽しい、たそがれ人生を送れるかである。残りはまだ三十年もありそうな人生を面白く、野に咲く花のように、飾り立てることなくマイペースで、自然に逆らうことなく、自己主張をするでもないが凛とした花を咲かせたい。命ある限り楽しもう。人生、後が面白くなくては。終わりよければすべてよし、である。

どう生きた、どう生きる

一、久平・近松、二人の出会い

診察の順番待ちのロビーで、水色の入院用病院服を着た初老患者が壁に寄りかかり、関取のように股を開脚して両腕を頭の上で交差し、ストレッチをしている。その男性に「チカちゃん」と左足に重そうなギプスをはめ、松葉杖を使いながら危なっかしそうに歩く、やはり水色の入院服を着た患者が声をかけてきた。

その男はやはり同年代の初老患者。頭はスポーツ刈りだが、額は少々広くなり、こめかみから後ろにかけて随分白くなっている。声をかけられた股開き開脚の男は、しばらく「う……」と目が点になっていたが、「ああ……、久ちゃん」と答えた。

間もなく七十歳になろうとする二人が「ちゃん」付けで呼び合っているのを、待合室の人たちが目線だけを上にあげて見ている。当然、当の本人たちはそんなことには気づかない。二人だけの世界である。

二人は地元の中学校を卒業して以来、五十数年ぶりの再会であった。おたがいの顔にはわずかに昔の面影がある。年を取ると頭の毛も少年時代のように短くなり、小太りであった壮年時代のような肉付きも少なく、骨格がはっきり表面に現れて少年時代の面影が現れてくる。

大の親友であった二人に、あの遥か昔の面影と、思い出がよみがえった一瞬であった。

「よー久しぶり、元気にしていたか。中学卒業以来だなあ」

山田久平こと久ちゃんが話し出す。

「お前こそ、どうしてた。同級会にも顔出さんかったが、元気にしていたか」

おかしなことであるが、この二人が着ている服は病院の入院服である。しばし顔を見合わせて「元気にしておったか、はないよな」と思わず苦笑いをする二人。松葉杖の久平が「おれ、立っているのがつらいので、そこの喫茶店に入らないか」と誘いをかけた。

「お前、入院中みたいだが、コーヒー飲んでもよいのか」

近松武夫ことチカちゃんは、「うん大丈夫だ、前立腺がんだから何を食べても特に問題ない」「えっ、ガンなの」と言いながら、二人は病院内の殺風景な喫茶店に入っていった。

飾り気のない喫茶ルームの奥には、こんな場所には似合わない、あごひげを蓄えたマスターらしき人が、昔ながらのサイホンでコーヒーをたてている。店の外までそのにおいが届き、コーヒー好きにはたまらない香りである。

入口にはモーニングの洋食と和食の案内看板があり、正面奥には各診療科の待合番号と病院の診療案内が流れている。

入口を入ると左側の奥の壁に、全紙大の大きな山岳写真が飾られていた。それは白馬三山が朝日を浴び、ピンク色に染まった冬山の写真。久平はこんな所に「なぜ」と疑問を抱き、似付かわしくない写真だなあ、と思うのだった。

中央の大きなテーブルには、入院服の男性の周りに家族と思われる年寄り夫婦と幼子が話をしている。入口の左隅では病院食が嫌だと思われる五十代の男性が松葉杖を横に立て掛け、モーニングセットのパンを食べながら新聞に目を通している。

待合室の騒々しいほどの忙しさに比べ、ここは川の淀みのように時間がゆっくりと流れていた。

二人掛けの小さなテーブルに、ピンクの入院服を着た八十歳近いご婦人と白髪のご主人が下を向いたままコーヒーカップを眺めながら無言で座っている。その横に色あせた造花の観葉植物が置かれており、なぜか病院の喫茶室を演出していた。

どこの病院にもいる病気もどきの元気なリハビリ老人が四人でカウンター前の席を陣取

り、今からどこの温泉に行こうかと打ち合せをしている。どうも全員、膝が痛いようである。見るからに皆さんふくよかでリッチな未亡人、最早、怖いものも面倒な亭主もいない、毎日が楽しい祭日のようである。

話の内容は温泉、スポーツジム、文化センターのセミナーと遊びのことばかり。病院のリハビリに来るより、体重を落とした方がよいのではないかと思われる昔の淑女たちの集まりのようである。

窓際のカウンター席には、病院には似つかないネクタイを締めたサラリーマンが外を見ながら、洋食のモーニングを独りで食べている。黄色の食券が置いてあるので、健康診断を終えたばかりのようだ。スマートフォンに目を通しながら、何やらブツブツ言っている。

壁際の一人用テーブルの椅子を外して、点滴棒を付けた車いすに座った白髪の七十代後半の老人が週刊誌を見ている。毎日同じテーブルに座っているが、何の病気か気になるものの、聞くわけにもいかない。

その隣には左足に大きなギプスをはめ、パソコンの横には五センチほどの高さの資料を置き、その資料を見ながらパソコンをたたいている二十代の青年がいた。深刻そうな顔つきをしている。とてもゆっくり入院なんてしておられる状況ではなさそうだ。

病気や怪我は年齢や性別、性格も体力も関係ない。真面目に生活していようが、不真面目な生活をしていようが、暇人であろうが忙しく仕事をしていようが関わりなく、また、貧乏人にも金持ちにもお構いなしにやってくる。ましてや社会的地位などには見向きもしない。

こういう点から病気を見ると、病気はずいぶんと平等に各人にあてがわれていると思えてくる。入院患者が社会の縮図を表していると言われる由縁である。

喫茶ルームはほぼ満席である。久平と近松がきょろきょろと席を探していると、中年の女性店員が「窓際のカウンター席しか空いていませんが」と声をかけてきた。久平は声を出すこともなく、頭を軽く縦に振って、カウンター席の方に歩き出した。

カウンターの前にはガラス越しに三十坪ほどの中庭が見える。庭の中心には棒がしの木が三本ほどあり、それにモミジとツツジ、紫陽花などが植え付けられ、赤や緑の石が配置されてよく手入れの行き届いた洋風の小綺麗な庭である。久平はその庭を見て、六月も中旬に近い雨季間際にしては、紫陽花の花が少し小さめであると何気なく思った。

東向きに面しているカウンターには朝の明るい日が差し込み、正面を向くと少しまぶしい。二人はやや横向きになって、日差しを避けながら座った。カウンターの上には一輪差しの花瓶に、野に咲く黄色の名の知れない花が一輪さしてある。

ウエイターが紙のお絞りとグラスに入った水を持ってきて、「ご注文は何にいたしましょうか」と尋ねるが早いか、久平はすかさず「モーニングセット」と注文した。

「チカちゃん、お前は何にする」

「おれは水だけでもいいんだが……」

近松はこう呟きながら、ウエイターの顔を見て「まあ、牛乳でいいや」と言った。ウエイターは「ではモーニングセットとホットミルクですね」と確かめた。

「お前、けさ朝食、食べたばかりでないの」

近松が久平に尋ねた。

「うん、一応食べたけど、病院食はうまく

ないんだな。だからほとんど毎日この喫茶店でモーニングを食べているんだ。コーヒーチケットも入っているから、お前もいつでも使っていいぞ」

「おれは喫茶店なんかにはほとんどは入ったことがない。年に数回くらいだな。それにコーヒーを飲むと夜眠れなくなるし、栄養がないコーヒーより牛乳の方が身体によいから、喫茶店では牛乳と決めているんだ」

「コーヒーはガンによいって、この前、テレビでやってたぞ」

「おれも見たが、コーヒーが効くのは大腸ガンだよ。おれのは前立腺ガンだから関係がないな」

「チカちゃん、それにしても奇遇だなあ、五十年ぶりだろ。懐かしいな。お前の親父さんとおふくろさんは変わりないか」

「親父はおれが高校三年のときに病気で死んだ。もともと体が弱かったからな。母親はおれが三十歳になったときに死んだ」

「それは早かったなあ、お前も苦労したな」

久平は近松を思いやった。子供のころ遊びに行って、世話になったときの顔を思い出した。

「お前の方はどうだ」

「親父は十五年ほど前に八十五歳で死んだが、おふくろは今でも元気に暮らしている。もう九十過ぎになるよ」

「チカちゃん、お前、本当にガンなの。元気そうに見えるんだけど。おれの松葉杖の方がよっぽどひどそうだよ」

「ガンと言っても前立腺ガンだ。年寄りガンだよ。痛くもかゆくもないし、食い物も何でも食える。大したことない」

近松はこともなげに言った。強がりを見せているようにも見えたが、久平にしてみれば、確かにこちらの方が痛々しい。

「お前は骨折か、どうして骨折なんかしたんだ。けつまずいたのか」

「ロードバイクでコケたんだ」

「ロードバイクって、オートバイのことか」

「オートバイではない。レース用の自転車だ」

「ああ、あのハンドルが曲がっていて、タイヤの細いやつね。あんな自転車に乗っているの。おれはママチャリ一本槍だ。聞いたところによると、あの細いタイヤの自転車はケツが痛くなるそうだな」

久平が怪我に至る経過を話し出した。

六月十日に奥さんとロードバイクでサイクリングに出かけたとき、道端の側溝の割れ目にタイヤが挟まって転倒した。幸い自動車が来なくてよかったが、ひどい転び方になった。頭はヘルメットをかぶっているので助かった。しかし、肩を打って、手袋とズボンがずるむけに破れ、膝の上が切れ、肉が丸見えになった。血は滴り出るし、近くを通る人が救急車呼びましょうかと言うし、みっともないやら恥ずかしいやら、とんでもないことになった。

「十針も縫ったよ。あのときは切れたところより膝の方が痛くて、まさに弁慶の泣き所だ。手拭いを巻いたのだがすぐに血だらけ、それでも恥ずかしいから自転車を引きずりながら歩いていたら、いよいよどうにもならなくなり、痛くて痛くて歩けなくなってしまったんだ。そこで女房が近くに住んでいる娘に電話をして、病院まで運んでもらうことになった」

久平は当時のことを思い出し興奮気味で、話が止まらなくなった。

「足を縫っている間に冷や汗は出てくるし、脛がジンジン痛い。あまりに痛がるので、

ＭＲＩとレントゲンを撮ることになった」

その結果、頭や肩は問題なかったが、レントゲンで脛にひびが入っていることがわかった。どうも折れてはいないようだが、力が加わるといつ折れるかもしれないと整形の医者に言われ、仕方がないのでギプスをはめて二週間ほど入院するはめになった。

「太ももから足首までギプスだよ。これじゃ、何ともならんよ。ところでチカちゃん、お前はいつから入院しているんだ」

「十一月頃からおしっこがつかえて、出が悪くなってきたんだ。最初は年を取ったからかなと思っていたんだが、テレビの病気番組で前立腺ガンを取り扱っていて、それを見ていたらおれの症状と瓜二つだったんだ。慌てて近所の町医者に行って、血液検査と尿の検査をしたら『うちではだめだ』と言われ、ここの病院を紹介するからすぐに行けと言われて来たんだ。あのときはあせちゃったよ」

検査入院まで二カ月も待たされて、どんどんガンが悪くなるのではないかと心配した。病院に来たら、おれと同じようなのがいっぱいいるので、何となく安心した。「同病相哀れむ」というやつなのだろう。

四月十五日から三日間の検査入院で、ＭＲＩ、ＣＴで内臓から脳、血液検査に尿検査、全身くまなく検査してもらった。しかし、悪いのは前立腺ガンだけで、他には命にさし迫る問題はないらしく、「大体は健康体」とのお墨付きをもらった。

「まだまだ元気なもんだ、と言うのはおかしいかもしれんが、ほっとしたことは確かだよ」

近松は苦笑した。そして、その後の経過を語り出した。

手術は五月の二十日に決行した。手術当日、朝起きて気分がめげていたが、天気は晴れ。窓の外の景色は新緑。遠くは春のカスミに包まれて、さわやかなよい日和だった。親切な看護師さんに、歩けるのになぜか車椅子に乗せられて、手術室まで運ばれていった。行くときは頭の中が真っ白だった。

それでも無事に手術を終えた。それからは化学療法と放射線療法が続いているが、日々の生活はまったく問題がない。

「だから早くここを出たいよ。先生に通院にしてくれと頼んでいるところなんだ」

「前立腺ガンか。ガンの中でも延命率の高いガンだから、そんなに心配ないよ」

病気の経過を聞いていた久平がこう言って励ました。

年寄りの話題はまずは天気。「暑いとか寒いとか、風が強い、雨になりそうだ」などと、相手の出方と気分や精神状態を確認するために、ジャブを仕掛けるのが通例である。この軽いジャブによって、話をしてもいいか、話しやすい相手か、相手の精神状態や社交性を確認するのである。

相手の様子がわかるにつれて、病気や体調の話になる。趣味や家族の話は相手の能力や経験値、個人情報が含まれていることが多いので、男の場合は相当ハードルが高い話題となる。

ある程度の高齢になれば、病気や病気もどきは大部分の者がなにがしか抱えている。血圧が高い、肩がこるなどは病気もどきとして、会話の潤滑剤みたいなものと言える。

久平は幼なじみとはいえ、近松とは何十年振りかの再会である。慎重に会話の突破口を探し出す。長い社会人として養った、日本人の会話術である。

「おれは最近物忘れがひどくて、ボケが始まったんではないかと思うほどだ」

「おれも似たようなもんだよ。会社を辞めてからは緊張感がなくなって、脳みそがたるんでしまったのか、腐り始めているような気がする」

近松も同じようなことを言った。久平が愚痴ともいえる健康状態を話し出した。

「おれは首から上が特によくない。歯は三分の一は入れ歯だし、歯間ブラシがないと困る毎日だ。この前、ご飯を食べてお茶で口の中をブクブクやっていたら、孫がそれを真似して女房にひどく叱られた。

目は老眼で目薬が離せない。老眼鏡は百均でいくつも買ってきて、そこらじゅうに置いてある。一つ二つではどこに置いたか思い出すこともできんからな。鼻は花粉症だし、乾燥に弱くてすぐに鼻水だらだらになってしまう。マスクは使い捨てを箱ごと買ってこないと間に合わない状況だし、喉はこれまた乾燥して、夜寝ていると乾いてはりついてしまい、ヒリヒリになって目が覚める仕掛けだ。まったく潤いがない老犬みたいだよ。

そして耳は難聴になり始めて、人の話がよく聞こえないときがあるんだ。いい加減に返事をしていたら、女房がこれまた怒るんだよ。補聴器だけは着けたくない。

頭は毛が薄くなって本数も少なくなり、雨が降ると地肌に直接当たるんだ。暑いときは直射日光が直撃するし、冬は北風が冷たくて、帽子が日常品になってしまった。

帽子が頭と一体になってしまったので、もう被っているのか被っていないのかの感覚がなくなり、この前は風呂場にまで帽子を被ったまま入って、自分自身にあきれ果ててしまったよ」

楽しげに愚痴とも自慢とも言えぬ内容を話すと、近松が「そうか、年相応だな。おれは首から下がいかんのだ」と言って語り出した。

「酒も飲まないのに、肝臓の数値がよくないんだ。医者からは肝硬変一歩手前だと脅されているが、医者は何でも大げさに言うもんだ。

それに、腎臓には結石ができていて、こいつが動くと痛いんだ。救急車で二度も運ばれたよ。そのたびに救急隊員が言うんだ。『石ですね、痛いだけで命には支障なさそうだ』なんて。

確かに命には支障はないかもしれないが、そりゃあ、もう死にたいほど痛い。しかし、一時間も我慢すれば痛くもかゆくもなくなる。歩いて鍛えている割には胃腸もあまり丈夫ではなく、ちょっと食べ過ぎたり冷えたりすると下痢になってしまうが、腹巻をすればすぐによくなる。

肩が痛くて四十肩ならぬ七十肩だよ。五十のときに五十肩をやったのだが、七十になったらまたきやがった。肩が痛くて頭も洗えない。嫌になっちゃったが、別に命にかかわる病気ではない。

去年は脱腸の手術を受けた。腹の筋肉が痩せてきたので、腸が飛び出して来たんだって。まだ痛くはなかったが、気持ちが悪いので手術した。軽い老眼もある。

たまに腰が痛くてコルセットが必要になる。昨年の夏、湿布をしてコルセットを巻いたらあせもができて、帯状疱疹みたいに帯のようになった。面白いやらおかしいやらで、女房が笑うんだ。たまったもんではないよ。

早く腰痛を治そうとマッサージに行ったら、マッサージのネエちゃんがモグモグ揉んでくれているうちにあせもがかゆくなってきて、シャツをめくって見たら全体が赤くなって、まるっきり帯状疱疹と同じ。これまた大笑いになってしまった。

足の指は水虫で、すでに四十年来の付き合いだ。それに、痔も四十年付き合っている。痔歴四十年のベテランだよ、自慢できるのはこれくらいかな。

そうだ、それから最近、年を取ったせいか痔の弾力性がなくなり、寒くなったらひどい出血を起こして、便器の中が血だらけになり、生理が始まったかと思ったよ。あまりのひどさに貧血で死ぬかと思い、その後、便所に行くのが怖くて我慢するので、ますます出血がひどくなるんだ。そこで、トイレに入ったら、まず温水で肛門を温めてから、クソすることにしたら随分よくなった」

まさに満身創痍ではないか。うなずいていた久平が「医者に診てもらった方がよいのでは」と言うと、近松は平然として言ってのけた。

「大丈夫、大丈夫。四十肩も結石も痔も命に支障はない。おれは昔から医者が嫌いなんだ。最初は大腸ガンだと心配していたら、ちょっと外れて、前立腺ガンだった。やっちゃーおれないよ。首から下で、丈夫なのは足だけ。会社勤めのときから毎日十キロ一万歩は歩いているからな」

「えっ、今でも毎日一万歩以上歩いているの」

「そうだ、毎日の日課だよ。雨の日も雪の日も日曜日も関係なく、一日一万歩、十キロをノルマにしているんだ。一カ月の目標は三十五万歩だ」

「そりゃ、大したものだ」

「それにおれはお前と違って、首から上は意外とよいんだ。目は一・五の視力があるし、歯はいまだに虫歯なしだ」

耳も鼻も頭の毛も問題なしだと自慢した。久平はちらっと近松を見上げ、その頭を見た。確かに年不相応に頭の毛がふさふさである。

近松は苦笑いをしながら「お前と一緒で、物忘れはひどいがな」と付け加えた。

いつの間にやら二人は少年時代の話に入っていた。久平が聞いた。

「そう言えば、お前とは昔、チャリンコに乗って虫捕りや魚釣りに毎週のように行っていたな。あのとき、カブトムシを捕りに行った大薮の林のこと覚えているか」

「覚えているよ。あそこではカナブンはいつ行っても捕れたし、たまにはカブトムシもいたな」

「おれはどうもカブトムシには縁遠くて、一度もあり付けなかった。チカちゃんは運がよかったよな」

「いやいや、おれも三回ほどしか捕れなかったよ。樫の木が太くて、子供では登れなかったからな。昔から目はよかったから、見つけるのは得意だったが、なかなか捕まらなかったよ」

「お前知っているか。そのカブトムシの林、この前、車で近くを通ったので、今年の夏は孫にカブトムシを捕ってやろうと見に行ったら、林のかけらもないんだ。分譲住宅の開発で、一区画五十坪ほどの小綺麗な住宅がびっしり二十軒ほど建っていたよ。

その横を流れていた川の土手に、小さな桜の木が植わっていたよな。小川をせき止めて、かいどりしたよな。あの小川一帯は今ではものすごく立派な公園になっていた。桜の木も五十年もするとずいぶん立派に成長し、公園のシンボルのようになっていたよ」

それから、とさらに久平が続けた。近松も当時の光景を思い出していた。

「春休みに、遠くに行こうとバーベキューの簡単な道具を持って、ママチャリで出かけたことあったよな、覚えているか」

「あった、あった。確か真っ赤な太陽だか、ブルーブルーブルーシャトーなんて歌が流行していたのも覚えている」

「あのとき行ったのは隣町で、二十キロほどの川のほとりだったが、覚えているか」

近松はバーベキューをやったことは覚えているが、場所ははっきり思い出せない様子でいた。

「ぼくはよくゴルフに行くときに通るから、いまだにそこを通るたびに思い出すよ。しかし、今では過疎地になって、小学校が廃校になったと聞いた。夏にはホタルが飛ぶよいところだったが、残念なことになっている」

近松が少しびっくりしたような顔をして、「町に近いのに過疎地なの。信じられないな」と昔を懐かしむように相槌を打った。

それから夏休みに、アサリ取りやカニ取りに行った海水浴場の松林はなくなり、海は埋め立てられて工場になって、煙突が立ち並んでいる話になった。

孫を連れて出かけたが、アサリ取りができず、水族館に寄って帰ってくるはめになった。

カニと戯れるなんてのはもう昔の話のようだ。この五十年の変わりようはものすごいものだと話していた久平が近松に向かって、こんなことを尋ねた。

「チカちゃん、お前、ペタット開脚できる特技あったよな」

「お前、変なこと覚えているんだな。確かにできたよ」

「今でもできるんか」

「できるよ」

「えっ、本当に今でもできるの」

「ぼくは遺伝的に関節が柔らかいんだと思うよ。大した努力をしなくても、ペタットができるんだ。手の指も同じで、今でもこんなに反り返るんだ」

近松は右手で左指を押し、反りくり返るのを見せた。

「えー、すげーな。おれは毎日ストレッチ一時間もやっているんだが、身体が固くって。時々、ストレッチをやり過ぎて股関節が痛くなることがあるんだ。うらやましいな。おれはいずれペタット開脚できるようになるのが夢なんだ」

近松は還暦を過ぎた者が今更どんなに頑張っても、ペタットなんかできるようになるわけがない、と内心ほくそ笑むのだった。しかし、声には出さなかった。研究熱心な久平がそのやり方を尋ねた。

「ペタットには縦のペタットと横開きの開脚ペタットがあるが、いずれももう二十センチぐらいで付くのだが、ここからが難関なんだ」

近松はそんなにこだわる必要はないのにと思うのだが、このこだわりが団塊の世代のとりえである。

七十歳にもなった団塊の世代が今でも元気に活躍しているが、そこには日本経済の高度成長からバブルに踊った歴史的背景がある。戦い、踊り、不安に希望が入り乱れた、団塊の世代がたどった道筋をしばし振り返ってみたい。

二、久平の高校、大学時代

中学を卒業してから二人は別々の道を歩き始め、まったく会うことはなくなった。久平は自分の高校時代を話し出した。

中学校を卒業して名中央高校に入り、大学への受験を目指した。変わったことと言えば、ベトナム戦争が激しいときで、「ヤングベ平連」という反戦団体に入り、名古屋の街を旗を持って闊歩したくらいだ。

高校時代は部活にも所属しなくて、男子だけの色気なしの学校で、面白くない思い出しかない。小学生、中学生の少年時代は、卒業式を迎えるとあっ気なく去っていく。昨日までの友情も思い出も置き去りにして、あわただしい高校生活が待っていた。

団塊の世代はものすごい数の高校生であった。当然、教室も教師も足りない。音楽室や美術室、倉庫も教室に変身し、ついには運動場に仮設教室を建てての急場しのぎである。教室の中は五十名を超える生徒であふれ、部屋の後ろを通ることすらできない。そんな中で高校生活が始まった。

部活動と言っても、とても全員が所属することはできない。グラウンドも体育館も、色々なクラブがごちゃ混ぜになって使っている。よくこれで事故が起きないものだと感心するほどだった。

近松が進学した県立高校も同じだと思うが、久平が行っていた私立の名中央高校では卒業生の大部分が大学受験を目指していた。高度経済成長に乗って、ほとんどの中学生が高校に進学、そして大学進学もごく当たり前になってきた。戦後も二十年経ち、最早戦後ではない、と政治家が声を上げていたのを覚えている。

テレビでは地方から集団就職の汽車が若者を都会へ、都会へと運ぶ光景を映し出していた。自分と同い年の、中学校を卒業したばかりの者が、集団就職で見ず知らずの都会に出てくるのをテレビで見て、おれにはとてもできない、あいつらはすごいなあ、と内心思っていたものだ。

都市近郊には鉄筋コンクリートの団地が次々と建設される。日本国中が毎日、お祭りのようにはしゃいでいた。頑張る者、努力する者がすべて報われる時代。六十年代の池田内閣時代に始まった所得倍増計画と、それに続く田中内閣による日本列島改造計画で明け暮れしていた思い出がある。

こんな世相の中から、自由と権利を主張する若者が急速に育ってきた。久平も高校時代の受験戦争をへて大学に入り、学生生活を謳歌しながら新しい自由主義の空気に触れ、マルクスの赤い表紙の資本論を片手に、多くの学生と同じように学生運動に感化されていった。

共産主義が世界を席巻するかの勢いであった。資本主義と共産主義のし烈な政治経済の戦いの中で、若者が感化されない訳がない。

久平もゲバ棒を持った。白のヘルメットに薄汚れた茶色のジャンパー、顔は手拭いで被い、ぎらぎらした目だけが覗いている。

今思えば、あのときの写真を撮っておけばよかった。大学の玄関には全共闘の闘争檄文の看板が立ち、夜な夜な反戦ソングが流れてくる。友達の引く下手なギターに合わせて「友よ」を毎日のように歌って過ごしたものだ。

友よ　夜明け前の　闇の中で
友よ　戦いの　炎を燃やせ
夜明けは近い　夜明けは近い
友よ　この闇の　向こうには
友よ　輝く明日がある

そして国際反戦デー10・21が来た。集会の公園にある茂みの中に、角材とヘルメットを隠し、何食わぬ顔をして地下鉄から公園に向かう。すでに周りは警察官だらけである。機動隊の装甲バスも、道路封鎖の準備に集まってきていた。

アドレナリンが全身にみなぎり、身体が熱くなってくるのがわかる。公園のあちらこちらから、雄叫びがわく。アジ演説が始まる。

警察に捕まったときの連絡用にと、弁護士の電話番号が書かれた紙切れをポケットに入れた。手拭いでマスクをし、薄汚れたジャンパーを裏返しに着て、植え込みに隠してあったヘルメットをかぶり、一・五メートルほどのゲバ棒を握る。

ジグザグデモの行進である。前は向かない。ただ前にいる同志の背中を見ながら、ひたすらに走った。

道路の両横は屈強な機動隊員が盾を持って寸分の隙間もないように並んでいる。その盾にぶつかりながら、ジグザグに走る。

機動隊の指揮車が大音響で何かをしゃべっているが、双方殺気だっているので何を言っているのかさっぱりわからない。両脇に立っている機動隊員も同年代である。

小競り合いが始まった。ゲバ棒を振り回す者、盾で阻止する機動隊、広報車が逮捕するぞとがなり立てる。機動隊員が軍足で蹴りつける。

一発触発の状況の中、目的地の公園に誘導されて取り囲まれ、身動きもできない。「解散しろ、解散しろ」。警察の広報車ががなり立てている。どこからかインターナショナルが流れてくる。

起て飢えたる者よ　今ぞ日は近し
醒めよ我が同胞(はらから)　暁(あかつき)は来ぬ

暴虐の鎖断つ日　旗は血に燃えて
海を隔てつ　我等　腕(かいな)結びゆく
いざ闘わん　いざ奮い立ていざ
あぁ　インターナショナル　我等がもの

久平はこの思い出から現実の喫茶店に戻った。
「チカちゃん、このとき歌ったインターナショナルの替え歌を、ぼくは今、会社の社歌にしているんだ」

立て若き経営者よ　今ぞ日は近し
さめよ我が社員　暁は来ぬ
マンネリの鎖立つ日　旗は血に燃えて
過去をへだって我ら　かいな結びゆく

いざ戦わん　ふるい立ていざ
ああ山田事務所　我らがもの
いざ戦わん　ふるい立ていざ

　ああ山田事務所　我らがもの
　聞け我らが雄叫び　天地轟きて
　困難こゆる我が旗　行く手を守る
　苦難の壁破りて　固きわがかいな
　今ぞ高くかかげん　我が勝利の旗

　いざ戦わん　ふるい立ていざ
　ああ山田事務所　我らがもの
　いざ戦わん　ふるい立ていざ
　ああ山田事務所　我らがもの

「へーえ、やる気満々の替え歌だね」

　近松が感心すると、久平が答えた。

「ところが今時の若い者はこの歌を聞いて『なに？　これ』って顔するんだ。やつら、わかちゃーいないいんだよな」

「当たり前だよ。こんなのわかる訳がない。われわれとは最早、人種が違うと言った方が正しい。昔風に言えば、当たり前田のクラッカーだ」

近松が笑い飛ばすように言う。「ごめんごめん、デモのときの話だったな」と言いながら、久平は話を元に戻した。

機動隊の隊列に挟まれて順次解散させられ、繁華街に出ると、酔っぱらいがネオン街を楽しそうに歩いているではないか。まるでよその国にでも来たかのような光景だった。一体、自分たちは何をしているのだろう。どっちが正しいのか、頭が混乱した覚えがある。

世の中を変えるためにと戦う若者、それを盾で防御する若者、ネオン街を闊歩している若者。すべての若者が達成感のない不確実な世界を、悶々として過ごした青春時代が通り過ぎていく。

こんな日々も過ぎて、大学の三年生になった。就職という社会人としての道へ出る時期が来た。

「チカちゃん、おれもサラリーマンになろうとしたことがあるんだ。あのころはね」

大学の就職課の入口を開けた。部屋の中の正面には二名の女性と就職課長が忙しそうに事務を執っている。マンモス大学の就職課なのに、たった三名が対応しているだけである。部屋の入口には、企業からの求人募集のファイルがずらっと並んでいた。久平と就職課長の目が合った。

「きみきみ、君は学校から就職推薦できないから、自分で就職先を探してきなさい。なぜだかわかっているね」

就職課長が言った。周りの学生がみんな久平の方を見て、仲のよい同級生も素知らぬ顔をした。久平は何も言わずにその部屋を出るしかなかった。

二度と訪ねるものかと強がりを誓ったが、気持ちは不安でいっぱいだった。久平の学生運動をすでに学校側がマークしていることは気付いていたが、まさか就職活動にまで影響するとは思ってもいなかった。

万事休すと悟った瞬間であった。大人の世界は生半可な学生の考えなど許してくれないことを思い知らされた。

久平の父親は信用金庫に勤めている。いわゆる真面目な銀行員である。母は専業主婦として家庭の中を取り仕切っている。二男一女の長男としては山田家を受け継がなくてはならない。こんな環境に育った久平は今日学校であったことなど、口が裂けても言うことはできなかった。

父親からは「大学を卒業したら銀行員になるか」とも誘われている。父親の口癖は「長いものには巻かれろ」。久平はこの言葉が大嫌いなのである。久平には真面目に銀行員として過ごすだけでは自分の能力を試すこともできないし、野心を実現することもできないと思っている。

多くの若者と同じで「おれは野心家だ、冒険家だ」と思っていたが、その実、目標としている野心は何もない。冒険するぞと言ってはいるが、何の冒険すればいいのか、何も持ち合わせがない。空回りの野心家であり、冒険願望家なのである。

この青年の悶々とした気持ちが、学生運動に駆り立てていた。本当はマルクスもレーニンも、ベトナム反戦も言い訳の出し汁、社会改革も自分に対する憤懣のはけ口でしかないのだ。

だから、体制派の経済ルールを教える経営学部で勉強をしながら、学生運動を正当化するような真逆の行動を、自身の中で納得できる。久平は学校からの推薦で就職ができないことを、当然親には言えなかった。親には学生運動していることすら、内密にしているからだ。

親父のコネで就職活動をすれば、学生運動をしていることが当然ばれてしまう。かといって単独で企業訪問しても、学校の推薦がなければ、受付すらも通過できない。青二才の久平の悩みは青年にとっては図り知れないものとして膨れ上がっていた。

就職ができないなら、自営業をするしかない。自営業と言っても、世間知らずの若者には思いつくものがなかった。何のとりえもなく、何の技術もない、口先だけの青年であった。

学生運動をしているとき、友達から「メーデーに出かけるが、お前はどうする」と尋ねられたことがあった。「おれは学生だからメーデーなんて関係ない」と言ったら、こう言って迫られたことがある。

「労働基準監督署が労働者を守らないから、労働者がひどい目に遭わされているんだ。労働者も国家の餌食にされている。おれたちは資本主義国家と戦っているんだ。学生運動の全学連も全共闘も、国家と闘うことは同じだ。どうだ」

そのとき、久平は労働者の手続きをする「社会保険労務士」という職業が世の中にあることを初めて知った。この人たちがどんな仕事をしているのかはまったく知らなかったが、なんとなく働く者の社会保障の手続きをする仕事ぐらいのことだと感じられた。

就職の道が途絶え、自分で職業を探さなくてはならない。こんな若者には自由業として希望の職業のように映ったのであった。

学生運動をしながら、社会保険労務士の受験勉強を始めた。始めてみると、考えていたこととはまるで違っている。労働者の守り神ではなく、企業経営者の権利擁護と労働者の就労行政手続きの業務でじかない。平たく言えば経営者が労働者から訴えられないようにするにはどのようにしたらいいのかということである。

社会の改革を目指していた学生運動とは真逆の、体制派を擁護する職業である。が、しかし今更背に腹は代えられない。体制派の職業だろうがどうであろうが、親を落胆させることはできない。飯も食っていかなくてはならないし、長男として家も守らなくてはならない。

学業もそこそこに、受験勉強の開始である。後がない。一日十時間の猛勉強が始まった。

「チカちゃん、こんなおれでも大学時代の青春時代には、今に繋がるいい思い出があるんだよ」

十九歳になったとき、世の中にゴルフなるスポーツがあると、学友の福島松雄こと福ちゃんが教えてくれた。

「お前、ゴルフって知っているか、て言うんだよ」

そんなもの見たことも聞いたこともない。町中にゴルフの練習場が大きなネットを張ってあるのを見た程度である。

その福島が「今、デパートでゴルフ道具を売っている」と言って、チラシを持ってきた。物珍しいことに飢えている二人は、一人では足を踏み込めない世界だったが、「よし、見に行ってみよう」ということになった。

そこには靴、ゴルフバッグ、クラブ（ハーフセット）で「ゴルフ直行便」「手袋もサービス」と垂れ幕が出ていた。なんと三万円だ。

「お前、三万円持っているか」と顔を見合せるが、当時、大卒の初任給が二万円から三万円の時代である。一カ月の小遣いが五千円以下のときであり、当然、持っているわけがない。しかし、若いというのは怖いもの知らずである。

「今からパチンコで稼ごう」

一週間分の昼飯代千五百円をつぎ込んで、三万円を稼ごうという魂胆である。

「よし、行くぞっ！」

人生、何が幸いするかわからないもの。何と今まで損してばかりいたパチンコで、二人とも三万円を稼ぎ出した。その金を握りしめて、デパートにゴルフ道具を買いに出かけた。ルールも打ち方もまったくわからない。テレビでしか見たことがない。本屋で初心者用のゴルフの打ち方なる本を買い、フォームとルールを勉強する。テレビの競技を見ては現場の勉強である。身の回りに教えてくれる人は誰もいない。

練習場へ行って、うまく打っている人のホームを研究する程度であるが、何分、練習場に通うだけの金がない。そこで、練習場から練習ボールをこっそり十球ほど盗み出し、川原に出かけて打つことになった。

砂地はバンカーの練習にもってこいである。しかし、たまに石が交じっており、クラブのエッジがへこんでしまう羽目にも見舞われた。今ではこんなことをしていれば、すぐに警察に通報されてしまうのだが、当時はそんな輩がうようよいたものだ。

少しうまく打てるようになると、コースに出たい。しかし、金がないし、ゴルフ場を予約するルートもない。そんなとき福ちゃんが公共のゴルフ場に山林公園ゴルフ場というのがあり、朝早く並べば誰でもゴルフができる、との情報を探し出してきた。

「よし、おれたちもコースに出るぞ」

朝の三時から順番取りに並ぶことになった。とにかくゴルフをやりたいの一心だった。

三、社労士先生との出会い

近松が社会人として家族を背負い、いっぱしに働いている頃。久平は先輩に頼まれて、授業の合間の稼ぎとして、少しだけアルバイトをしていた。バイト先は漬物製造会社である。従業員が三十名ほどの、個人事業に毛の生えた程度の会社だった。

商品はパック入りの沢庵で、商品名は「たくわん宅ちゃん」。自宅で付けたような味わいがうたい文句である。

もう一つは「切干白子ちゃん」。黄色い切干が普通だったが、社長の研究で白い大根切干が完成した。都会の主婦には、この切干大根を食べると肌の色が白くなるとの噂が立ち、東京市場では密かなブームになっていた会社の主力商品である。

沢庵も切干大根もシーズン商品なので、大根が採れてから数カ月が猫の手も借りたいほどの忙しさ。半年間で一年分の売り上げを稼がなくてはならないのである。

久平もこの時期だけはバイトに追われ、勉強する時間が極端に制約されていた。そんな中で社会保険労務士の勉強を始め、休み時間に工場の片隅で休憩時間も惜しんで勉強していた。この姿をたまたま社長が見て、不思議そうに尋ねてきた。

「お前、毎日何の勉強しているのだ」

「社会保険労務士になろうと思って、試験勉強しているんです」

「ほー、感心だな。卒業したら、この会社に就職してもいいぞ」

「ありがとうございます」

お礼を言いながらも、野心家の久平は「冗談じゃないよ。おれは大根加工みたいな仕事より、もっと格好のよい、人望を集めるような仕事をしたい」と思っている。

「社長さんのお誘いはありがたいですが、ぼくは何か国家資格を身につけようと思って、社会保険労務士に挑戦しています。取れるかどうかわかりませんけど……」

「そうか、若いうちに挑戦するものがあるのはよいことだ。そうだ、うちの会社の顧問をしていただいている社労士の先生を紹介してあげよう。きっと何か参考になると思うよ。待てよ、先生がこの前、従業員を探していた。お前が真面目なやつだと推薦するから、社労士事務所で取りあえずアルバイトしてみるか」

「でも、今ここでバイトしているんですが、するとぼくは首ですか」

「人生とは巡り合わせだ。お前のこれからの人生を考えると、ここでバイトをしているより、自分の選んだ道を歩け」

バイト先の社長の好意で、久平は社会保険労務士事務所で働きながら、学校へ通うことになった。久平はこの話にはびっくりし、感謝もした。学校の就職課長に見捨てられたが、身元もまったく知らない学生バイトに声をかけ、また拾ってくれる人がいることをありがたく思った。

「世の中、捨てたもんではないなあ」

何とかして就職しなくては……と思う不安が一気に消え、快晴になったような喜びを感じた。この社会保険労務士の先生との出会いが久平の一生を決めることとなる、人生のターニングポイントになった。しかし、このときはまだそこまでは思いもしなかった。

学生バイトをしながら大学を卒業し、そのまま就職、原川労務士事務所の正職員になった。久平も社会人になるにあたり、福島の見栄の張り方を取り入れることにした。

昔の武将が戦場に出るときは、まず武具を揃え馬を買う。それにならって、現代なら車を買おうと決めた。しかし、新車だと六十万円はする。とても手が出ない。そこで、中古を探すことにした。

友達の親父さんが車を買い替えると聞いた。今乗っているパブリカを下取りに出すとのこと。友達に頼んで、そのパブリカを毎月一万円の十回払い、十万円で譲り受けることができた。

「おれの武器は社会保険の知識、馬はパブリカ」

これで世に打って出ると、久平は清水の舞台から飛び降りるほどの決意だった。ある日、この愛車のパブリカに先生を乗せ、お客様のところに出かけることになった。先生が後部座席に置いてあるゴルフバッグを見て「お前、若いのにゴルフやるの」とちょっとびっくりした表情で聞いた。

久平にとってはこのパブリカとゴルフ道具だけが唯一の財産である。ゴルフの道具をトランクなんかに入れておけないので、後部座席に大事に置いてあったのである。

先生が「お前、打てるんか」と聞いた。

「はい、練習場でたまにしているのですが、ちょろころで、たまに玉に当たると右の方に飛んでいき、真っ直ぐ行かないんです。止まっている玉を打つだけだと思って、なめてかかっていましたが、なかなか難しいです」

先生が「よし、おれが教えてやる」と言ってお客様からの帰り道、突然「練習場へ寄れ」

となった。このときから、この先五十年もの付き合いとなる、ゴルフの始まりとなった。

近松が「久ちゃんの家は恵まれていたからな。おれはその頃、汗まみれで働いて一家を養っていたよ」と、少しひがみを込めて言った。久平は当時を思い出した。

ちょうどあの頃、すべての人が貧しかった日本の中で、貧富の差が始まった時期だった。電化製品を持つ家、持てない家。息子が大学に進学する家、できない家というように。久平は少し後ろめたそうに話を続けた。

「おれが若いときにのめり込んだものに、スキーもあるんだ」

日本で冬季オリンピックをすることが決まった。テレビではウインタースポーツ番組を取り上げる機会が多くなり、四年先の札幌オリンピックに向けてちょっとしたスキーブームが起きていた。全国各地にスキー場が開設され、それに向けて道路の整備も始まった。スキーをやってみたい。でも、金がない。それでもスキーはやりたい。ところが、窮すれば通ず、である。

社会が少し豊かになると、いろんな娯楽が一斉に開花し始めた。若者文化がびっくり箱の蓋を開けたがごとく飛び出した。テニスに野球、卓球にバスケット、スキーにゴルフ、サイクリングにハイキング、登山にキャンプ、海水浴に釣りと、山や川や海へと大勢が繰り出した。

貧乏だったけれども、とにかくやりたい、やってみたい。戦後生まれの世代が右往左往して大はしゃぎしている。

四、学友、福島の人生哲学

福島がスキーのできる民宿を探してきた。居候をしながら三度の飯にありつけ、リフト券もただで手に入り、一日七時間はスキーができるとのことだ。スポーツらしいことをしたこともない、部活に入ったこともない。虚弱で金もない久平には、またとないチャンスである。チャンスであることすら気付かない、のほほん学生であった。

朝五時に起床、雪かきと朝食の支度。泊まり客をスキー場に送り出し、部屋の掃除が終わると十時にスキー場に出かけ、昼飯を食べる時間も惜しんで滑り、スキー場から三時に戻って夕食の準備。八時までに皿洗いと片づけをして、布団引きが終わればあとは自由時間である。

夜の九時からナイタースキーに出かける。金はない。宿泊代も飯代もリフト代も一文なしても何とかなっているが、それでも焼き肉を食べに行くくらいの小遣いはほしい。窮すれば知恵も湧くものだ。

「そうだ、宿泊客の子供にスキーを教えて金を稼ぐことにしよう」

もぐりのインストラクターだ。こんなアイデアも浮かんできた。

スキー旅館の大部分は、元は農家だった。戦後の経済成長に伴って、都会の若者がどんどん押し寄せてくる。そこで始まったのが民宿である。

季節限定の半年商売で、春から冬にかけては農業が本業だった。仕事がなければ出稼ぎしかない山間部の農家が、若者の娯楽の多様化と車社会の到来とがあいまってスキーの流行を生み、民宿を旅館へと大きく変えていった時代である。

しかし、山間の旅館は冬はスキー、夏は登山の季節限定。春と秋は百姓をするという二足のわらじ商売である。当然、安定した従業員を置くこともできず、家族労働では限界になってしまう。特にスキーシーズンになれば、猫の手も借りたいほどの忙しさである。

そこで金はないがスキーはやりたい若者と、若者の労働力が欲しい旅館とのコラボレーションが誕生した。旅館の居候に学生が転がり込んだ。居候であるから、アルバイト学生のような小銭稼ぎとは若干違う。待遇は家族同然だが、バイト代はない。

金の繋がりがないということは、気持ちの繋がりしかない。福島と久平は第二の故郷と呼べる地を作ることとなった。

福島とは大学の授業の講義を受けたとき、たまたま隣に座ったことから友達になった。着ている服は身なりがよい。久平とは相当違うセンスだ。

久平は学校に行くときは学生服、自宅にいるときは着たきりすずめ。着るものにはまったく無関心である。

福島の遊びを聞くと、テニスにスキーに水泳という行動派である。まるで加山雄三みたい。学生運動にはまったく興味がないようで、「金の儲からん学生運動なんかに、時間を費やしているやつの気がしれん」とのことである。

学生時代からトラックで配達の助手をし、夜はガソリンスタンドやラーメン屋でバイト。大学二年生のときにはもう車を乗り回している。貧乏学生だが自立心が高く、見栄っ張りである。

のんびり屋でハングリー精神のない学生生活を送ってきた久平には、福島は想像だにしなかった、たくましい男に映っていた。決断が早く、何にでもチャレンジする。そして、物おじすることなく、生き生きしているチャレンジャーだった。

この福島は大学一年と二年の夏休みに、中華料理のバイトでラーメンの作り方を覚えた。そこで中華料理用の中古の屋台を大学三年生のとき、どこからか格安の三万円で買ってきて、「おれ、夜に屋台を始める」と言い出した。のほほんの久平から見れば、無謀極まりないことである。

「そんなことできるの」と言っている久平に「保健所に行って、飲食店の許可を取ってくる」ともう決めている。保健所の食品衛生の研修会を受けて、本当に屋台を始めてしまった。久平も夜な夜な屋台の手伝いをする羽目となった。

屋台を設置する場所は繁華街の近くで、水やトイレの心配がない公園があること。そして、地下鉄の駅があり、飲み屋街に続く道が最高である。

学校の授業の合間に、近くのスーパーと肉屋に行って材料を仕入れ、麺は麺専門店が自宅まで配達してくれる。福島の母親がラーメンの素となるスープを大きなズンドウで作ってくれていた。

こんなことで売れるのかと思って、びくびくしながら始めた屋台ラーメンだったが、意外にも売れるではないか。なんと初日に三十二杯も売れた。売上は五千円を超えた。原価はおよそ三分の一以下である。

二日目、三日目と順調に進み、このままいけば大金持ちだと思っていたある日の夜十時半ごろ、こわそうなお兄さんが現れた。

「お前たち、誰に断って、店出しているんだ」

言われるままに福島は金を出すしかなかったが、その次の日からは、こわもての兄さんが「がんばれよ」となれなれしく声をかけてくる。そして「困ったことがあったら、なんでも言うてくれ」。

売り上げは多少横取りされたが、ラーメンは順調に売れていった。久平が学生運動のデモの帰りに、屋台に寄ったときにはこんなことを言った。

「お前は馬鹿だな。そんなことやっていても世の中、何もかわりゃしない。おれみたいに真面目に働いて、銭稼いだらどうだ。おれは大学を卒業したら、中華料理店を始めるぞ。お前はどうする」

十年後、この福島が名古屋の真ん中でビルを建て、中華料理店を経営することになるとは、あのとき想像すらできなかった。

福島は困ったときに「捨ててこそ浮かぶ瀬もある」といつも言う。彼のおじいちゃんが教えてくれたことだそうだ。だからおれは困ったときはジタバタせず、流れに身を任せることにしていると。

本当は川に流されたとき、バタバタ暴れると余計におぼれたり、体力を失うばかりか、冷静さも失ってしまう。そんなときは水の流れに身を任せて何もしないでいると、ひとりでに体が浮いて助かる道も開かれてくる。

おじいちゃんには人の世渡りも同じで、困ったことがあったらバタバタせずに周りをよく観察し、落ち着いて行動すればうまくいくということを教えられたそうだ。

おじいちゃんが言った言葉には、幼稚園や小中学生のときは、社会の仕組みが古いものを毎年脱皮するように進級や卒業、進学を自動的にしてくれるから、知らず知らずのうちに人生が過ぎていく。社会人になるとわが身を捨てて、会社のためにお客様のために、家族のためにと、自分を捨てないといけなくなる。そしてうまく捨てた者が、世渡りがうまく、出世したり金儲けをしたりする、というのである。

「だから、お前は大人になったら自分で脱皮して変わっていかないといけない」

そう教えられたりもした。そして、じいちゃんのように年を取ると、いろいろなことがわかってくる。

「過去の名誉や地位や名声も、いずれ捨てなくてはならなくなる。古いものを持っていると重たくて持ち切れないから、年を取るとすべてを捨てることによって、最後の人生を過ごすことになる」

「捨てるのはもったいないが、捨てる物を持たない者は惨めで淋しいものだ。生まれるときは何も持たずに生まれてきた。死ぬときもすべて置いて行く習わしになっているものだよ。だから、お前もワシのように年を取ったらすべてを捨てていけるようになりなさい」

少年には理解できないようなことを説教する、少し変わったおじいちゃんだった。福島の人生観はこのおじいちゃんの教えの上に成り立っていた。福島はこんな教えもあると言っていた。

おじいちゃんの教え

「周りをよく見渡せ。苦境になっても、慌てないことだ。道は必ずある」

「見栄とはったりは忘れるな。他人は見栄えで判断する。見栄のために金を惜しむな」

「使わないものは、たとえ使えるものでもすぐに処分する。必要なもの以外は買うな」

「安物には手を出すな。高くても本物で押し通せ」

おじいちゃんっ子であった福島は、幼いころからこうしたことを教えられてきた。考え方にも行動にも、久平とはかなりの隔たりがあった。

五、近松武夫の青春

久平の人生に影響を与えた旧友のもう一人が近松である。近松が「久ちゃんは優雅な青春時代を過ごしたんだね。ぼくの家は貧乏だったから、君のような華やかな青春はなかったな」と言って、高校時代を振り返った。

「ぼくが何とか地元の県立高校の商業科に入ったのは知っているよな。本当は中学を卒業したら働きに出る予定だったのだが、母親がこれからは高校ぐらい出ていなければいけないと言って、地元でしかも県立高校なら進学させてくれと、父親にお願いしてくれて、何とか高校に行かせてもらえたよ。

父親も身体が弱く収入も少なく、本当に大変だった。だから、ぼくは高校の修学旅行も行けなかった。そんなのはクラスで二名しかいなく、皆が旅行に行っている間は教室で自習して淋しかった覚えがある」

朝も学校に行く前に新聞配達をし、授業が終わるとまた配達で、部活どころではなかった。夏休みには土木作業員でU字溝を並べていた。高校の就職では現場は嫌だと思い、経理を希望した。

建築屋の経理の仕事に就くのが約束で入社したのだが、配属先は建築現場だった。会社に「経理課ではないのですか」と尋ねたら、「まずは現場を知らなければ経理はできない」と言われ、そのまま一年ほど現場で頑張っていた。今のように重機があるわけではないので、腰を痛めてしまった。

労働基準法が守られている時代ではない。怪我や病気は監督署には秘密にされる時代だった。あのときは一カ月ほど入院した覚えがあるが、首にはならなかった。何分、建築ブームで猫の手も借りたいほどの忙しさだったから。

退院していよいよ経理に行けると思ったら、「経理は今のところは人手が足りているから、とりあえず営業で頑張ってくれ」と言われた。約束が違うとものすごく腹が立ったが、おれの家は貧乏なので、おれの収入が生活の頼りになっていた。怒って辞めることもできず、そのままズルズルと営業職を続けることとなった。

「営業畑やっていたの？　おれのところには来なかったな」

「おれは親戚や友達のところには営業に行かないと決めていたんだ」

「どうしてだ。普通はまず知り合いのところから始めるのだろ」

久平がいぶかって聞くと、近松はその理由を語り始めた。

「義理で楽して仕事をもらっても、所詮すぐに限界が来るし、一生義理を感じながら生き続けなければならない。仕事なのでうまくいかないこともある。そうすれば友達を失うことにもなりかねない。そこでぼくは身内営業をしないことに決めていたんだ」

会社の上司には学友や親戚を回れと毎日のようにしつこく言われたが、これだけは曲げなかった。しかし、まったく見ず知らずの人の所を回って営業していると、これが意外と面白いもの。何せ、世の中はものすごい住宅ブームなのだから、大した苦労をすることなく家が売れていく。契約しても半年待ちなんて、当たり前のときもあった。

「会社もどんどん大きくなりハウスメーカーに成長し、上場までしてしまったのだから面白かったね。給料の中から会社の株を買う制度もあったのだが、おれの所は貧乏家族だったから、株を買うこともなかった。あのころ、もし買っていたら今頃、億万長者だったのに、と思う。どうもおれには金の儲かる縁はなさそうだよ」

そのまま営業職で六十歳で定年になり、六十五歳まで再雇用で働き、退職した。やれやれと思った六十七歳でガンになったと言う。

久平が「営業なら生活も不規則で、酒の飲み過ぎでガンになったのか」と聞くと、こんなことを言い出した。

「そうではない。おれのところはまれにみる貧乏家庭や。酒も結婚式の三三九度のとき以来、飲んだことがないほどだ。お前みたいにゴルフもスキーもやったことがない。自動車の免許を取りに行く金も時間もなく、おれは自慢ではないが自動車の免許証もない。会社の中でも営業で免許証がなかったのはおれだけだったね」

久平が驚いて尋ねた。

「へえ、営業で車もなくて、よくできたな。都会ならわかるが、お前のいたところは地元の田舎だろ」

「そうだよ、出世するなら自動車の免許と、転勤族を経験しなければと、上司に何度も言われたんだが、おれは出世したくないし、地元から離れるわけにはいかない、と言って断ったんだ。本当は金がないのと、貧乏で転勤すると家族が飯を食えなくなるからだったのだがな。

大卒の若いやつらはどんどん出世して、おれが教え込んだやつが上司として戻って来たときには、ちょっと気分が悪かったが、仕方がないと割り切っていた。その若いのが忘年会のとき、酒の勢いでおれに言いやがったね。『今時、自動車にも乗れない先輩は昭和の珍品ですね』と。このときだけは本当にムカッと来たが、何分、貧乏だから我慢するしかなかった。

久ちゃん、貧乏は悲しいことではないが、何かにつけて我慢することは多かったよ」

若い者が車で営業する中、近松は自転車と足で歩くしかなかった。おかげで足だけはものすごく強くなった。今でも毎日一万歩以上は歩く。ガン以外はまったく健康だと自己診断している。

医者嫌いの近松は年相応に身体の不調をいくつか抱えている。しかし「おれは健康だ」が口癖である。

久平が「チカちゃん、いくら貧乏だと言っても、何か趣味はあっただろ」と趣味の話に切り替えた。

「おれの趣味は絵とギターとジャズ鑑賞と後はママチャリ日帰り旅行だ。貧乏なおれでも何かやりたいという若者としての情熱や想像力は湧き出てくる。

でも金がないから、スキーやゴルフやテニスなどのスポーツはまずできない。音楽をするにも楽器を買わなくてはならないし、コンサートなんかに行く金もない。ましてやカルチャー教室に入って専門家に教えてもらうことも、専門雑誌や本を買うこともできない。

身の回りを見渡したら、中学時代に使った絵具と筆があった。必要なのは画用紙だけ。そこで絵を描き始めたんだ。

最初は油絵も考えたが、絵具が高いし、画板も用意しなくてはならない。筆も用意しなくてはならない。水彩画なら画用紙に絵具だけで済む。毎日描いたというか、他にやることがないから、描くしか時間の費やし方がなかった」

「趣味が絵とはなあ、それもいいじゃないか」

「面白いもので絵は描けば描くほどうまくなっていくのが自分でもわかるんだな。今までに描いた絵は一万枚はあるが、保管しているのは三千枚ぐらいかな、定かではないけど。不思議なことに、絵をやってみて絵描きは貧乏人が多いことに気が付いた。類は同じ友を呼ぶ。おかげで友達は多くできた。貧乏が付き合いの条件みたいなもので、付き合っていても安心感があり、居心地がいいよ」

描いた絵をおたがいに持ち寄って展示無料の喫茶店で合同展をしてもらって楽しむ。貧乏人の集まりだから、店の売り上げは大したこともないが、人がたくさん集まることは「枯れ木も山のにぎわい」みたいなもので、これも楽しいものだ。

「このときはまさに貧乏貴族の館だよ。たまに何かの拍子で売れることがあるんだが、まあ絵具代か額縁代くらいのところだな。それでも素人にとっては他人が評価してくれたのだから、無性に嬉しさを感じるね」

近松はこう言って笑った。そして「第二の趣味と言えば、ギターを弾くことかな」と言った。久平は「えっ、お前ギター弾けるの」と聞き返した。近松が少し恥ずかしそうに語り出した。

「弾けると言っても、リズムをとる程度だよ。大昔に友達がエレキギターを買ったから、普通のギターが必要なくなってぼくにくれたんだ。ついでに楽譜も付けてくれたので、それ以来、ぼちぼち弾いているのだが、特に教室に通ったわけではないので、本格的に弾けないまま、三十年が経ってしまったがな。

女房なんかひどいこと言うんだ。あなたがギターを弾くとピート（猫）が嫌がるからやめたらと。

あとはジャズ鑑賞かな。ぼくの場合は無料コンサートが主力だ。ジャズ喫茶やコンサートにも行きたいのだが、金がかかる。聴きたいジャズはレコードで聴けばいい。今ではCDに録音して聴いているよ。便利になったもんだ。

久ちゃん、ぼくは金のない暮らしに慣れ親しんできたから、みんなが思うほど不便だとは思っていない。みんなはぼくの生活を見ると不思議がるけど、ぼくはちっとも不思議じゃないんだな」

近松の生活観は「金がなくても死ぬことはない。この日本、何とかなるものだ」である。会社も出世しない方が時間も自由に取れるし、気兼ねする必要もない。見栄も張らなくて済むし、友達も多くできる。

「おれ、本当に出世しなくてよかったと思っているんだ。車がなくても自転車があればたいていは大丈夫だ。どうにも困れば電車もあるし、女房も友達もみんな自動車を持っている。携帯なんかなくてもまったく困らない。

昔、勤めていた会社でポケベルを持たされたことがあるんだが、気分がめいってしまいスイッチを切ったままにしておいた。そうしたら、あいつは変わり者ということになり、携帯に代わったときは渡してくれなかった。それでよかったよ」

近松は今でも携帯は持っていない。世の中では珍しい存在だ。

「世間の情報は毎日、テレビを見ているから不自由はない。新聞は取っていないが困らないし、どうしても知りたいことは図書館で本を借りたり、本屋で立ち読みすればよい。さらにわからないことを調べるにはスマホを持っている友達に頼めば、ただで何でも調べてもらえる」

確かに便利な世の中になった。久平がびっくりし「新聞も取っていないの？　インターネットもないの」と聞くと、近松は「息子のところにはインターネットがあるし、女房もスマホをやっているから」と、平然と構えている。

六、二人の歩みとその人生観

「ところで、久ちゃんはいつ結婚したんだ」

「おれは当時としては結婚は遅かった。二十九歳のときだった。当時は三十歳までに結婚できないやつはどこかおかしいのではないのかと言われていた時代だ。今ではまだ二十代なので、結婚なんて早いって言われる。

時代は変わったもんだ。あの頃は定年が五十五歳だったから、結婚が遅れると子育てが間に合わなかったからな」

久平は学生時代に社労士の勉強を始めて、二十四歳で試験に合格した。勤めも社労士事務所で働いていたから、仕事も順調に覚えることができた。

当時は労働組合が華やかで、何かと労使が対立し、権利を主張する風潮が高く、中小企業の経営者は労働問題の解決や対策に頭を痛めていた。社労士にその解決策や対策をいつも聞きに来ていた。

社労士としても労使双方から話を聞いたりして、社内整備の基準を作ったり、賃金や賞与の情報を提供したりして、随分やりがいのある仕事をしていた。

久平のところは労務士としての社会保険や労災の手続きとはちょっと違う、コンサル的な業務が主力だった。仕事をしていても面白かった。

「そうそう、結婚の話だったな。そんな労働組合の調整業務のような仕事をしていたとき、組合側の担当者の奥さんから友達を紹介されたのが今の女房なんだ。人生なんて、本当にわからないよな」

学生運動で反体制派だった久平が、経営者側の立場で労働組合と対峙し、対峙していた担当者の紹介で嫁さんをもらった。もちろん顧問先の経営者の社長からは「お前たち、どうなっているんだ」と随分白い目で見られた覚えがある。このことがきっかけで労使が仲よくなり、最後は社長からほめられることになった。

仕事柄、会社の経営者との付き合いが多いので、ゴルフを覚える機会も多く、随分うまくなった。宴会にも引っ張り出され、酒もカラオケもやることになった。

「どうせ酔っぱらいが歌うのだから、少々音程が外れていても問題はなかったがな。お前、覚えているだろ。おれが音楽の成績が2しか取れなかったことを。あだ名を『おたま』と言う先生がいて、どうもおれとは相性が悪く、音痴の上に教師にも恵まれず、音楽だけは特別に悪かった」

「『おたま』ね、ああ、覚えているよ」

近松が懐かしそうに答える。女の教師がまだ担任を受け持つのが少なかった時代に、担任を持って張り切っていた。国語と音楽が担当だった。近松が中学時代を思い出しながら言った。

「お前、音楽はひどかったが、国語はおたまにかわいがられて作文の発表会のときは、お前の作文が全校生の前で読まれたよな。随分ほめられたじゃないか。おれはお前の作文が褒められたのを覚えているぞ」

「うん、国語はぼちぼちよかったが、音楽の方はまるっきしだめだった。おかげで今でも楽譜がまともに読めないや。

結婚した後の話だったな。結婚してから一年もしたら女房のお腹が大きくなってきて、喜ぶというよりプレッシャーがかかった。チカちゃん、お前は子供ができたときどうだった。嬉しかった？　それともプレッシャーだった？」

「おれも喜ぶ以上にプレッシャーだったよ。食っていくだけでいっぱいだったから。子供ができても飯を食わせていけるかどうか、不安の方が大きかった」

久平が勤め先の先生に相談したら「お前も独立して頑張れ」だった。もう夜も寝られないほど不安だったが、半年後には独立開業となってしまった。

退路が断たれて、腹は決まった。自分でやるしかない、頼りになるのは自分だけだ、と。

「死に物狂いで働いたよ。昼間は営業で仕事探し、夜は業務処理。自分に課したスローガンは『一日十五時間、三百六十日営業』。事業主だから労働基準法もへちまもない。仕事の最中に過労で二度ほど倒れ、救急車で運ばれた。今から考えれば若さだったんだよな」

事務所を開業して間もなく、青年会議所なる団体が入会してくれと、先輩を介してやって来た。何が何だかわからないうちに中学時代の先輩が来て「地元で商売をしたいなら入会しろ」と無理やり言われ、書類に判を押せと迫られて入会した。

君が代を歌えとか、大きな声で理念を唱和せよとか、右翼みたいな団体だと思いながらもしばらく付き合っているうちに、これがご縁で地域活動する中で知り合いも増え、社会人としての素養や経済人との付き合いも覚えた。
地元に知り合いが増えれば、生き生きと活動できるようになる。おかげで地元に根を下ろし、根っこを張ることができた。

「ところで、チカちゃんはいつ結婚したんだ」

「おれは二十五歳のときだ。金はなかったが、手は早かったな。住宅営業していたら、絵の好きな人と知り合って、そこにちょくちょく出かけては絵の話をしていた。

何せ自動車に乗れない。自転車での営業だから、あちらこちらと走り回ることができない。そんなことで一カ所に的を絞って、集中的に営業をかけることにしていた。おれは学校を卒業してから趣味でずっと絵を描いていたので、絵のことだけは少々詳しかった。

その絵の好きな人の家に行っては、描かれた絵の話をしているうち、その親父さんに好かれて、ついにはおれの娘と結婚したら、と勧められた。それがきっかけだな。

問題は自動車がないから、デートは自転車か電車。これには往生したが、彼女の方が免許を取って親父さんに車まで買ってもらい、おれはいつも乗せてもらって、デートに出かけることになったよ」

「それにしても、お前みたいなケチというか貧乏人に、金持ちの家に育った彼女がよく付いてきてくれたな」

「彼女が付いて来たのではなく、おれが付いて行ったんだよ」

「でも、デートするにも銭がかかるよな」

「そんなことない。お寺や神社巡りなら、まったく銭はかからない。由緒など色々勉強にもなるし、ご利益もありそうだ。

お前もそうだろうが、神社やお寺に行くと、大方の人はたいてい賽銭を投げるよな。おれは自慢じゃないが、今まで賽銭を出したことがない。あんなもの出さなくてもご利益はちゃんとあるし、罰も当たらない。これで結婚できたぐらいだからな」

「賽銭はなにもご利益を得るためにだけ出すものではない。神社やお寺を維持するためにも使われるんだ。お前みたいに賽銭も出さないやつばかりなら、日本から神社や寺が消えてなくなってしまうよ」

「それは金持ちがやればいい。おれみたいな貧乏人はどちらかというと、もらいたい方だからな。

そのほかにはハイキング、ママチャリでのサイクリング、図書館、公園……。もちろん弁当持参だ。弁当はいつも彼女が持って来てくれた。『おいしいよ』と言うと、毎回持って来てくれた。本当は母親が作ったものだと思うのだが、そんなことはどうでもいい。おいしいものが食えるのだから。

そう言えば、少し金が掛かるデートもあったな。美術館や博物館、映画館は入場券がいるが、いったん入ってしまえば、比較的安く済むのでよく利用したよ。

デパートや遊園地、コンサートや大ブームだったボウリングやテニスなどの金のかかることは、話題にしないように気を配った。そんなことで、おれがデートするのは人気のない所ばかりなので、結果、手を出すチャンスが多かった。こんなことで結婚することになったんだ。絵が好きだったおかげだと言える」

近松は久平の青年時代の話を一通り聞き、自分の生い立ちも話した後、人生観を述べ始めた。

「お前はいつも上ばかり見ながら生きてきたのだな。世間の望んだ通りの生き方や、所得が多くなるような競い合い。生活が豊かになるようにと家電をそろえ、高級車が乗れるようにと見栄を張り、多くの人脈と友人をたくさん作る。周りに気を遣って体裁を保つために一生懸命になり、高学歴をつけさせようと子を育てる。お前は日本社会の鏡のような人生を送ってきた。

おれは家族が普通に生活でき、自分の時間が十分に取れ、会社は首にならない程度に過ごしてきた。おれとお前では同じ時代を生きてきても、見てきた景色はまったく違う。幸福感もまったく違うと思うよ。

例えば山の上に登ればきれいな景色もある。お前は見たが、おれは見なかった。しかし、山の上にはきれいな景色以外には何もない。

おれはずっと山の麓で暮らしてきた。水もある、食い物もある、果物がなる木々もある。仕事に追われることもなく、時間があれば好きな絵を描き、音楽を楽しみながら過ごしてきた。

後から入ってきたやつが次々と出世しておれの上司になっていったが、いつも心から喜んでやった。人から恨みを買ったり、ねたまれたりすることのない、よい人生だったよ。おれはお前たちの歩んだ、上へ上へとの気持ちが今でもわからない。欲がなくなった今、お前はどう思う」

こう言って、近松が久平に聞いた。

「確かにお前のように、自然体で生きるのはそれなりに尊敬するし価値もある。しかし、動物の本能としてオスは戦うようにできている。

平和で武器を持って戦うことがなくなった日本では、まずは学歴、その次は経済や文化・芸術・スポーツで戦って、オスの優劣を確かめることになる。人間社会では色々な戦いで文化を築き、歴史を作ってきた。良い悪いは色々あるが、戦ってきたおかげで今の世界がある。

おれは業界の中で戦い続けて業界の発展にも尽くしたし、家族も守り、社会の役にも立てた人生だと思って満足している。これからは老いとの戦い、病との戦い、自己満足との戦い、そして最大の敵である暇との戦いをすることになる」

「お前は気の毒なやつだな、死ぬまで戦い続けなくてはいけないのか」

近松に気の毒と言われてしまった。久平にとって戦いをやめることは、今までの人生そのものを捨て去ることにも繋がりかねない。日ごろの思いを口にした。

「おれは死ぬまでお前のように平常心ではおられない。戦って戦って死ぬまで戦って、戦えなくなったとき、虚しさを感じて終えることになりそうだ」

近松は哲学じみた話に続いて、今度はお寺の坊主がする説教じみたことを言い出した。

「お前は、顔と足のどちらを大切にする。おれはこう思っているんだ。顔は人に見られるために、見せるために一番上に付いている。そして、いつもきれいにしてもらっている。

男なら髭もそり、女なら化粧を施される。一日に何度も拭いたり、なでたり手入れされている。

ところがだよ、足は風呂に入ったときぐらいで、しかも最後に洗ってもらう程度だ。おれは顔より足を大切にしている。足が丈夫ならどこにでも行くことができる。顔がきれいでも足が悪ければどこにも行けない。足さえ丈夫なら、髭が生えていようが少々汚なかろうが、まったく問題はない。

お前とおれの生き方はこの足と顔ぐらいの違いだな。同じ時代を生きてきたとしても、その生き方も過ごし方も、まさに天地の違いだ」

久平は今までこんなことは思いもしなかったし、考えてみもしなかった。人間は自分の過ごしてきた社会や制度、生活感や価値観を体験の中から理解しているのだが、同じ世代で同じ日本という中でも、その過ごし方は環境によってずいぶん違ったものになることを教えられた。

七、どうする、迫り来る老後

「チカちゃん、お前は定年になって、いや定年が経験できてよかったというか幸せだな。おれは自営業だから定年がない。下手をするとこれからもずっと仕事をし続けなければならない宿命なんだ」

「それは職業としての定年退職を迎えただけのことであって、平たく言えば、その職業を『お前はいらなくなったから首だ』と言われたのと同じだ。お前は自分で決められるが、おれは他人に決められた。お前は自分で決めることができるから、自由業って言うんでないの」

「確かにお前の言う通りだが、長年続けてやってきたので、そう簡単には割り切れないのが心情だ。自分が開けた幕だから、自分で閉めなければならないことはわかっているのだが」

自営業をしてきた久平が思うには、会社勤めをする大部分のサラリーマンには定年が設定されている。大昔は五十五歳、その後六十歳、そして今では六十五歳、さらに七十歳まで延長されそうな勢いである。定年は元々会社と社会の都合で決められた就労契約期間の終わりの日でしかないので、世の中の都合によってどのようにでも変更できる。

だが、多くのサラリーマンはこの日に合わせて貯蓄をし、老後の生活設計を組み、子供を育てる。家庭の在り方を決めるようになっている。

そして、定年後のことを聞くと、これまた大部分の人がほとんど何の夢も計画も持ち合わせていないという有様である。無防備というか愚かしいことである。

定年後の余命はまだ二十年ほどもあるかもしれない。二十年もあるのに何もすることがないし、やりたいことがないというのは耐え難いことであるのに気づいていない。

周りから当てにもされない。誰かのためになるのでもない。家族から期待もされない。世間から相手にもされない。お小遣いすらも稼げない。誰からも声をかけられない。友達もいないどころか、話す相手もいない。生きがいもなく、生きている存在感もない。

それもこれも職業の定年と人生の定年とをごちゃ混ぜにして、定年と思っているからである。おれはこんなに働いてきたのだから、これからはゆっくりさせてもらって当然だと思うのは本人の幻想でしかない。

働いて無報酬で尽くしてきたのならご褒美があるのかもしれないが、働いて給料をもらってその場その場で清算が付いている。それなのに、さらに定年後にご褒美をもらおうというのであるから虫がよい。

定年まで後何年と決まっているのに、何の準備もしない。その後の人生を何十年も過ごさなくてはならないのに、何の夢もない、計画もしない姿は、腐れゆくウドの大木のようなものである。

映画や美術鑑賞、旅行、読書、一人で人と交わらない生き方をする者。ゴルフ、ボウリング、テニス、マラソンなど競技に挑戦する者。ゲートボール、グランドボール、ペタンク、卓球など仲間競技に生きる者。水泳、スキー、ウオーキング、登山など個人的な達成感に生きがいを感じる者。ダンス、書道、絵画、彫刻、写真等々グループで教養を高めることに生き方を求める者。ＮＰＯや社会福祉、交通安全や地域防災、神社お寺の奉仕活動に生きる者。職業教育を受けて新たに第二の職場を求めて活動を始める者。何十年もかけて身に付けた技術や資格を使って、生涯現役で仕事をする者。

所詮、人間は何もしないで二十年もの長い間、生きがいを持たずに有意義に過ごすことは難しい。一度しかない一回限りの「一回生」の人生である。最後の方こそ、充実させないと惨めな老後になってしまう。

子供を育て仕事を切りまわし、家庭を作り、知力体力の満ち溢れた人生の充実期と、最後の四分の一の生き方はおのずと違うものである。

近松は長年にわたって絵を描き続けてきた。これからも、死ぬまで絵を描き続けるだろう。その絵が外に出ることも、売りに出されることもないが、それでも描き続けるにちがいない。

久平が「個展でも開いて多くの方に見てもらったら」と言うと「久ちゃん、そこがぼくと君との違いだ」と言った。

「ぼくはぼくの絵を描く。他人にぼくの絵は関係ないことだ。だから見せる必要もないし、評価もなくてかまわない。君にはわからんだろうなあ」

さっぱりしたものである。近松には絵の他に目的もなく毎日歩くことがある。最低二時間は歩く。

「歩くことがぼくの人生なんだ。だからこれからも歩き続ける」

「今度、百キロウォーク大会があるから、出てみたら。完歩、間違いないよ」

「違うんだなあ。ぼくはそんなものに出ることはないし、そんなことのために毎日歩いているのでもない。なんで人と合わせて決められた中で歩かなければならないのか、理解できない」

久平はこのやり取りに、思考が追いついていかない。

「チカちゃん、前に聞いたとき、描き貯めた絵が確か三千点以上あると言っていたが、お前が死んだら、その絵どうなるんだ」

「紙だからいつでも生ごみとして処分できる。後に残った者が考えればいいことだ」

「処分してしまってよいの」

「おれが生きてきた足跡など、残らなくていい。おれがこの世にいたことだって残る必要はない。

金だ財産だ地位だ名誉だ名声だ、中には会社だ仕事だと言って多くの人が望んでいるようだが、平凡の中で心の自由だけを失わない人生を歩き続けてきたおれには、まるっきしどうでもいいことだし、無縁のものだね。見かけや仕来たりや常識なんて、滑稽にしか見えない」

吐き捨てるように言った。近松が言う無縁だ滑稽だという世界。二人の考えが真逆であるように見えるが、住んでいる社会は同じ、育った環境も受けた教育も同じである。しかも宗教も風習も同じ土台の上、さほど二人にはかけ離れているところはないのだが。

久平の日々の生活を覗いてみると、毎朝、女房と愛犬のクロと一緒に朝飯を食べるのだが、最近、このクロに元気がなくなってきた。飯を食わないときもある。ドッグフードに牛乳をかけてやると何とか食べる。

寒くなって牛乳が冷たくて可哀そうだと女房が言い出し、カロリーメイトの缶ジュースになっているのを買ってきた。電子レンジで温めてやったら、これをクロが嬉しそうに飲んでいる。久平の一本七十五円のミルクコーヒーより高級だ。

さらに今年の冬は寒くて、もう十四歳だからいつまで生きているか心配だ、と女房は久平よりも大事に面倒みている。ほかほかカーペットに純毛の毛布だ。

最近、寒いときは犬が女房の布団の中に潜り込んで、いつも仲よく寝ている始末だ。ところが、このクロがシッコに行きたくなると久平を呼びに来て、毛布を引っ張って起こす。

昔から犬は外で飼うと決まっていたが、犬も猫と同じで家の中で飼われるようになった。都会のマンション住まいが多くなり、高齢化と核家族化による一人暮らしの淋しさとも相まって、人懐っこい犬が家の中で家族同様に飼われるようになってきた。昔を知る人間から思えば、今の犬はなんて軟弱になったかと嘆きたくもなるほどである。

久平は犬は外飼いが当然、犬の飯は汁かけごはんで十分だと思っている。しかし、久平も奥さまのクロの可愛がりようには口を出せないでいる。

仕方がないのでクロに合わせて早起きになり、朝、薄暗いうちから犬にも服を着せて散歩に出かける。そうすると、すでに多くの老人が散歩している。

年寄りと言っても同年代も多い。おれも同類なんだと思うと、なぜか怒れてくる。自分がこれらゾンビみたいに歩いている同種同類だということに怒れてくるのだが、でも、これが幸せな日本の今の姿なのだ。

大した希望もない、目標もない、夢もない、それでいて時間と財産と平和があり、年金も毎月もらえ、心配なのは健康のことぐらいである。子供のころ、年寄りも親も、なぜか元気で声も大きかった。子供は走り回っていた。

それにもう一つ大きく変わったのが父親の威厳である。親父には威厳があった。

朝は六人掛けの大きなテーブルで、朝飯を食った。親父が真ん中で新聞を広げてデンと構えていたが、今ではテーブルの上はいろんな調味料や菓子やダイレクトメールなどが一杯乗っていて、飯を食うときはその隙間を開けて食わなければならない。

六人掛けに二人だけで、テーブルの下ではクロが飯を食っている。みんなでワイワイ言いながら、飯を食ったあのころが懐かしく思い出されてくる。

世の中が豊かになったと言うが、家族はバラバラで毎日何をしているかもわからない。学校に行っているのか、仕事に悩みはないのか、健康に問題はないのか、も知らない。

そして、やることのない行き場のない年寄りが、病院やデイーサービスに、喫茶店や公園に集まってワイワイしている。多くの者は「他力」に甘え、何もしない傍観者か、ロパク派で、身体は動かさない。自ら身体を動かしたり、向上心を持って努力したり、他人や社会の役に立とうとする「自力」の人は少数である。

長い生活の中で、どこかで「他力派」と「自力派」に分かれたのだ。どちらが幸せであるかは、今のところ結論は出ていないが、「今幸せか」と聞かれたら、「はい、幸せです」と心から答えられる人は何人いるだろう。

幸せは比較の問題だから、昨日と比べたり、他人と比べたりすると、おれは幸せだと答える人が多いだろう。しかし、昔の自分と比べると、今の幸福感に疑問を感じる人も少なくないはずである。

経済的には子供のころは日本中、全員が貧しかった。しかし、学校の先生も生き生きとし、生徒も元気で活発、親も学校や先生をとても尊敬していた。家庭も大家族主義が主力で、ご飯もちゃぶ台を囲んで賑やかしく、近所付き合いも身内のように行き来して、開けっ放しだった。

将来の夢も大きく、子供を大学に行かせたい、テレビも冷蔵庫も買いたい、洗濯機も欲しい、できることなら車も買いたいし、一生に一度でいいから飛行機に乗って海外旅行をしたいと、やりたいことが盛り沢山あった。

社会活動でも、祭りだ、子供会に婦人会だ、町内大掃除だ、運動会だと、次々と町内の行事がやってくる。心震わせるほど豊かな家庭と町がそこにあった。

ところが、欲しいものすべてが叶えられた今、日本中が精神的に貧しくなった。立派な家があるのに、生活は苦しい。充実した教育が行われているのに、子供は拠り所を失っている。子供会や町内運動会の地域活動も下火になってきた。新幹線も飛行機も随分身近になったが、どこに出かけても感激することは少ない。

便利さと豊かさが心の充足感までも失わせてしまった。金で済ませる宛がい扶持の便利さが、工夫して努力して、ちょっと我慢して作り上げる達成感を奪ってしまった。その結果として心震わせるような幸せがなくなってしまったのかもしれない。

自分の手足を動かすのは確かに面倒だ。口だけ動かし、金で面倒臭さを解決するのは簡単だが、所詮、人間は動物である。自分の手足を動かして面倒なことをかたずける。人との協調は面倒だが、少しずつ譲り合い、ちょっと口を慎み、認め合い助け合う。身体を動かし汗を流し、頭を使った疲労感がなければ、幸福感は得られないのである。

しかし、一度覚えてしまったわがままと自由を、我慢することができないのが現代人である。

近松は会社を退職してから、元の勤め先の同僚や部下との交流はまったくしていなかった。特に避けていたわけではないが、趣味が合う者がいるのでもなく、気さくに飯を食べる者がいるわけでもない。会社という繋がりがなくなったとき、自由と引き換えに淋しさを受け取ることになった。

久平の日常は家庭の環境こそ年寄り家庭に変わったが、趣味も友達付き合いも従来通り充実していた。そんな久平の生活を見て近松は少々羨ましく思っていた。

八、それぞれの人生行路

病院の喫茶店で二人は幼なじみの思い出、進学、就職、結婚と六十年分の思いを話し合った。まったく違った人生を過ごしてきた偶然の出会いが、最後の人生を彩ることになるとは、このときはまだ二人とも気付いていなかった。

二人が相前後して退院してから一年半ほどした、師走が近づく冬の夕方。久平は名古屋で行われた会議の帰り、七時から行われる同窓生との飲み会に行くために家路を急いでいた。すでに薄暗いが、田舎町でも駅前はネオンで飾られている。そんな薄暗い中、目の前を近松が通りかかった。

「おー、チカちゃんじゃーないか。こんな暗いのに何やっているんだ」

近松も少しびっくりした雰囲気で、言い返してきた。

「なんだお前か。おれは夕方の散歩は年中通して四時からと決めているんだ。夏は明るいが、冬はもう真っ暗になってしまうんだ。あと三十分歩いたら家に帰って飯だ」

「お前、毎日二時間も歩くって言ってたよな。じゃ十キロ近くになるな」

「最近は朝も同じだけ歩くから、毎日二十キロだな」

久平は「チカちゃん、立ち話もなんだから」と言って近くの喫茶店に誘った。「おれはコーヒーは飲まないぞ」「わかっている。牛乳でいいだろ」と言いながら店に入った。

喫茶店に入ると近松は薄手のマフラーを取り、久平は帽子を取った。

「久ちゃん、お前、友達が多いんだな」

「チカちゃん、お前は酒を一滴も飲まないようだから、飲み助の気持ちはわからないだろうが、おれは付き合い程度には飲めるので、飲み助の友達も多いんだ。いつも割り勘負けしているけど、飲んでいるときの雰囲気がいいんだよな」

「お前、どうしてそんなに同窓生と今でも付き合うことになったの」

近松が不思議に思って尋ねた。

「おれの飲み仲間はみんな同年かその前後だから、お前も知っているかもな。ただの飲み会なんだけど、一応、会の名前があるんだ。若竹会って言うんだ」

「へー、若々しい名前だな」

「そうだろ、まだ厄年のころ作った会だから、若々しい名前なんだ。昭和二十三年、二十四年、二十五年の生まれで、大部分が以前に話した青年会議所JCの卒業生なんだ」

「JC？　何だ、それ」

近松が不思議そうに尋ねた。世界中で活動している青年の団体で、多くは経済活動をしている三十代前後の若者が奉仕活動や友情・修練を目標に作られている。今でも活発に活動しているみたいで、その団体は四十歳になると卒業することになる。

何年も同じ釜の飯を食った者たちが、このJCの卒業後に毎月会って酒を交わそうと十名ほどで作ったのが若竹会だ。仕事の利害関係はないし、気心も知れ、利害得失のない関係だから、気楽に酒も飲める。だからもう三十年近くも続いている。

当初はみんな若かったので若竹会でもよかったのだが、最近はちょっとこの名前に抵抗を感じている。六十過ぎたころに九州に旅行に出かけたことがある。旅館の大宴会場にでっかく「若竹会御一行様」と大きな看板が出ていた。

我々が浴衣姿で宴会場に着くと、元気な仲居さんが、これまた大きな声で「若竹会御一行様、こちらへどうぞ」と言う。宴会場にいた百人ほどの人が一斉にこっちを向いたときには、さすがに恥ずかしかった。その後、メンバーから老竹会に替えたらとの声が上がったが、今でもそのまま若竹会でやっている始末だ。

「全員が地元の者だから、きっとお前も知っている者ばかりだと思うよ。飲み会だけど、酒が飲めないやつもいるんだ。警備会社に行っていた山野がいるんだが、今でも三十年前のクラシックなアメ車乗ってる変わり者だ。お前も見たことあるだろ」

「あるある、黒のサングラスをかけNYマークの帽子をかぶり、確かちょびひげを生やしていて、顔だけがフロントガラスから覗いている。赤色のド派手な車ね。あれ、同級生なの」

「昔から資産家の家だから、豊かな老後をしているみたいだ。酒はぜんぜん飲めない。

下戸なのに、酒の席に付き合うんだ」

「全然飲めないのなら、おれと同じや」

「昔、酒なんか慣れれば誰でも飲めるようになるからお前もやれ、そうでないと割り勘で気が引けると言って、みんなで無理やり飲ましたことがあるんだ。そうしたらビールをコップ一杯飲んで十分もしないうちに、真っ青になってでんぐり返ってしまった。あのときは救急車を呼ぼうかって、こっちが真っ青になったよ。それ以来、絶対に酒は飲ますな、料理だけ余分に食わしておけとなった。

酒飲み会としては酒の飲めないやつをメンバーにしておくわけにはいかないと、一時、彼に案内を出さなかった。そうしたらものすごい勢いで怒るんだよ。『なんでおれを呼ばないんだ。酒の飲めない者への差別だ、人をばかにするな』ってね。

まあ酒飲みからすれば、飲めないやつが悪い、割り勘でいいなら来ればいい、ということになった。いつもノンアルコールビールで酔っ払っているよ」

彼は小柄だからアメ車に乗ると頭しか見えない。運転手のいない車が走って来るような感じである。それでもシートに座布団を三枚も重ねて座っているとのことだが、よくもあれで運転できると感心する。

普段はＮＹ帽子に、ちょびひげのおっさん。無口でほとんど口を利かない。話をすると損だと思っているみたいに見えるが、意外と人の話はよく聞いていて、やることは素早い。そんなことが評判になって、いまでは民生委員もやっている。

大学時代のまだ若いときに母親を亡くしたみたいで、近所の年寄りにもよく声をかけている評判者だ。この前も年寄りが陸橋を渡るのに苦労していたら、なんとおぶって渡っていた。自分の親にもできないことをやる。

「そうそう、それからあいつ、毎月老人ホームに慰問に出かけているよ。なんでもアコーデオンを弾いて、みんなに歌を歌わせているらしいし、手品もできるんだ。どうもババア連中には相当の人気者みたいだ。おれにはとても真似できない。

それでも一度、旅行の宴会でお猪口に一杯だけ日本酒を飲んだことがある。そしたらものすごく陽気になって、おれたちに抱きついてくるんだ。コンパニオンがいるのだから女に抱きつけばよいのに、男に抱きつくんだ。そしてキスを迫るんだな。もう気持ち悪いってもんじゃなかったよ。小柄だけどガードマンやっていたから、やけに腕っ節が強いんだな。抵抗しても動けないんだよ」

そのとき以来、彼にはビールも酒も決して飲ましてはいけない、と再確認することとなった。

この山野はゴルフ仲間でもある。昔はみんなゴルフをしていたのだが、今では久平とこのアメ車爺、歯医者の磯谷だけになってしまった。

山野は名前に山が付いているから、山の中に打ち込むのが得意。歯医者の磯谷は谷が付いているから、玉が谷に飛び込む。久平は久しく平らだから、ＯＢは少ない。そんな取り留めのない話が続いた。

近松はゴルフなどはしたことも見たこともない。つまらなそうに話を合わせ、「ゴルフも下火になったもんだなあ」とつぶやいた。久平のどうでもいいおかしな同窓生の現状を聞きながら、大きく身体をゆすった。

「お前たちがいつも飲み会に使っている飲み屋はどこ？」

「駅前の交差点の角にある『のん平栄屋』だ。無口のおやじと、明るく記憶術の特技を持った女将でやっている。この女将ときたら、一度来た客の顔と名前は全員覚えてる。店に入ると必ず名前で呼ぶという特技があるんだ。

それに酔っ払いがいい加減に話したことも、ちゃんと覚えているスーパー記憶術の女将なんだ」

店の二階の十畳間は蛍光灯が古く、ちょっと薄暗い。古びた畳にもところどころにたばこの焦げ跡がある。窓には隙間があるので、たばこ吸いがいても適当に換気できる。床の間には古びた花瓶とクマの彫刻が置いてあるという古典的な部屋である。

若いときは七時に飲み始めて、五時間もしけ込んでいた。夜中の十二時頃に一階の店に降りて行くと、店のおやじがカウンターにもたれて寝ていた。それから二次会に出かけて行ったものだが、今では九時になるとそそくさと解散である。久平は時々、おれたちも情けない爺になったもんだ、と思うことがある。

そんな井戸端会議のような昔話を一時間半もしていた久平が「おお、飲み会の時間になるので出かけるわ」と言って席を立った。近松も「おれは家に帰って飯にするか」と言い、二人とも店を出た。「じゃー、またな」と軽く手を挙げて夜の巷に消えた。


この数日後、ゴルフ好きの磯谷と久平が暮れの忙しくなる前にとゴルフに出かけた。磯谷がメンバーのスプリングチェリーCCである。

久平にはこだわりがある。「ゴルフは歩く」。今ではカートに乗りながらプレーするのが普通だが、久平は意地でもカートには乗らない。

磯谷は腰痛持ちなので、腰にはコルセットを巻いている。当然、カートにしがみつきながらのプレーである。カートが自分より先に行こうものなら、キャディに「カートを先に行かせるな」と大声で騒ぐので大変である。

そのくせ、歯医者の仕事は立ち仕事で、足には自信があると言っているが、基本的に体力がないので後半になると足腰が定まらない。ショットが乱れ「あれっー？」と言い、クラブを地べたに叩きつけることが多くなる。

磯谷の性格はプレーをしながら、とにかく理屈を言うことである。コースのレイアウトからバンカーの脱出方法まで、プロ並みの解説を言いながら歩くのが決まりだ。久平はこの理屈を聞かされると、そんなに立派な理論があるなら何でうまくいかないの、お前の理屈なんか当てにならない、と冷ややかに聞き流すのが常だった。

久平の性格は愚痴を言いながら歩く。自分が打ったのだから自分の責任でしかないのに、「くそ、何であんな方に飛ぶんだ」とまるでボールが悪いかのように言う。昼食のとき、磯谷がこんなことを言い出した。

「久ちゃん、お前が入院していたとき、病院にある喫茶店へ入ったことあるか」

「おれはコーヒー大好き人間だから、毎日三杯以上飲まないと気が触れそうになるんだ。

だから病院に行くたびに、あの喫茶店は利用しているよ。味気ない喫茶店だが、コーヒーは抜群にうまいんだな。

同年代と思うのだが、髭のマスターが焙煎に凝っていて、自らたてる本格的なコーヒーだ。あんな病院内の喫茶店じゃ、もったいないといつも思っているんだ」

「お前の言うとおり同年代だ。おれ、マスターとは学生時代からの友達なんだよ」

「えっ、友達なの」

久平が驚きの表情になる。磯谷が意外なことを言い出した。

「友達と言うか、医学生時代の学友なんだ。おれは歯学部だったのだが、彼は確か内科志望だったと思うよ。院長は整形外科だったな」

「えっ、あのマスターが医者志望だったの」

「うん、だけど確か大学を中退し、医者にはならなかったんだ」

「どうして中退したの。医者なんて花形の職業なのに」

「学生のとき、あの病院の院長とマスターと、もう一人仲のよい友達がいて、大学の山岳部に所属していて、確か大学三年のとき、冬山登山に出掛けたんだ。

お前覚えていないかなあ。新聞やテレビで、遭難の報道をしていたの。白馬岳に登った大学生が遭難して、大騒ぎになったことがあったろ」

「そう言えば、遭難事件が起きて大騒ぎしたことがあったな。おれは学生運動で忙しく、この寒いのに冬山に登るやつは馬鹿だ、と思ったことくらいしか覚えていないが」

「そのとき遭難したのが、あの病院の院長とマスターなんだ。二人は奇跡的に助かったが、友達の一人を亡くした」

「それが、白馬連峰だったんだ」

「それから、院長は大学病院で研修を受け、地元に帰って病院を開業した。友達のマスターはあの遭難事故の後に精神的に参ったらしく、大学を中退してしまったと聞いている。聞くところによると、大学を辞めてから、東京のデザイン会社に就職して山岳写真家として活躍し、その業界の中では相当有名だったそうだ。

その後、あそこに病院ができるとき、なぜか写真家をやめてしまい、院内の喫茶店をやることになったみたいで、あの病院の廊下や待合、院長室まで山岳写真が飾られているよ」

「ある、ある。トイレの中にも玄関にも、素敵な写真があちこちにあるね。玄関の正面にモザイクタイルで作られた山の壁画は槍ヶ岳だよな。きっと友達との思い出の山なんだ」

そういうことだったのかと久平は思った。喫茶店の右奥の壁には特大の写真がある。白馬連峰が朝日に浴びてピンクに染まった、見ごたえのある写真だ。

「今でもきっと友達と一緒にいる気分なんだよな」

久平は思った。病院の廊下は高山植物の花の写真で飾られている。久平の知っている花もいくつかあった。

ミヤマオダマキ、ハッポウタカネセンブリ、コマクサ、チングルマ、コウメバチソウ、リンドウ、ニッコウキスゲ、シモツケソウ、ミズバショウ……。

それに待合室には日本百名山のアルバムも置いてあった。

「それから、あの病院の婦長というか看護師長というのか、てきぱきやる人がいるだろ」

久平が首を縦に振りながら「いる、いる」と答えた。骨折して担ぎ込まれたとき「どれぐらい痛いの」と聞いた女だ。骨が折れているのだから痛いのは決まっているのに、男なら少しは辛抱しなさいと言った。

「あのときはあんまり痛かったから、おれも言ってやったんだ。『子供を産むときぐらい痛い』って」

「なんて馬鹿なこと言ってるんだ。それで婦長は何て言った」

「『男が子供産むなら、そりゃ痛いでしょうね』とすげなく流された。ありゃ、相応の傑物だよ」

「あの婦長が山で亡くなった友達の妹さんと聞いている。院長もマスターも友達の家族を長い間、見守ってきたみたいだ。おれにはとてもできないことだよ。すごい絆が今でも続いているんだ」

「へええ、山男の友情はさすがにすごいな」

久平は感心した。話を聞かされて興奮さめやらない感じだ。久平がまた山の話を始めた。

「ぼくも昔は山と写真にあこがれたことがあるんだ。ぼくのは冬山ではなく、春から秋の一般向きの登山だったけどね。

行ったのはもっぱら白馬連峰だった。冬はもっぱらスキーだった。それでも五月のゴールデンウィークには、板を担いで、唐松や杓子の山頂まで登って山岳スキーや白馬岳や小蓮華山からのヘリスキーを楽しんだな。

白馬大池の上を滑るときは、氷に穴が空いて池に落っこちるんではないかと思ったりしてね。当時はまだ雷鳥も多くいて、登山しているとちょくちょくお目にかかったもんだよ」

特に思い出深い景色は八方尾根の第三ケルンにある八方池に、夜になると満天の星が映り、唐松岳が青白くそびえ立っていた。あの姿はこの世の世界とは思えないほどの幻想感があった。「日本にもこんな所があるのかと感激したものだよ」と、久平は青春時代を思い起こしながら話を楽しんだ。

磯谷はこの話を聞きながら、自分の青春時代を思い浮かべていた。家業である歯医者を継ぐべく勉学した学生時代と、その後の比較的裕福な五十年の人生を思いやり、不満はないが何か物足りないものを感じていた。

この日のゴルフも、随所によいところがあり、全体としては特に悪いところはないが、スコアは磯谷の屁理屈も久平の愚痴も助けにならず、チョロコロ、池ポチャ、OBと華やかな健康ゴルフとなった。

帰る車の中で磯谷がよほど負けたことに悔しかったのか「おれの玉が枯れ葉の下に入ってわからなくなり、ロストボールになったのが敗因だな」と、ぽつりとつぶやいた。

何十年も続く変わりない、幸せなゴルフであった。

九、久平・近松の思うこと

久平と近松が退院して二年ほどした初夏、久平が近松の自宅を訪ねた。近松は退院後、毎月の放射線療法で病院に通っていたが、今では経過観察で六カ月に一回行く程度になっている。

近松の家は旧市街地にあり、昔の街道沿いである。道は歩道もなく二間程度、今風に言えば四メートル弱の道。対向車が来ると、どちらかが避けないと通れない、そんな古い道に面している。

ブロック塀の中には、庭の広さには不釣り合いの大きな木が三本も立ち、玄関をふさいでいる。木造二階建ての標準的な日本家屋である。かつては五人家族が暮らしていたが、今では妻との二人きりである。

玄関の前ギリギリに車を止め、久平はインターホンを押した。「ピンポーーン」。奥から「ハーイ」とちょっとしゃがれた男の声が聞こえてきた。

「チカちゃん、おれだ」

「よー、どうした。久しぶりだなあ。まあ、上がれや」

近松が手招きした。久平は言われるままに近松の家に上がった。玄関先に車を止めたままになっているので「車、どこかに止めるところあるか」と聞くと「ないけど、警察が来ることはないから大丈夫だし、大して車も通らない。近所に迷惑もかかることないから、ちょっとの間なら大丈夫だ」との返事だった。

「チカちゃん、その後どうだ。元気にしていたか」

「まあ、ぼちぼちだな。飯も食えるし、毎日散歩もしている。何せ時間があり過ぎて、絵を描いているんだが、題材がなくて悩んでいるところだ」

通された近松の家の中は小綺麗に整理されている。

久平が「お前、どこでいつも絵を描いているんだ」と聞くと、「おれ専用の部屋があるんだ」と言って案内された。

部屋は六畳一間で、押入れ付きである。部屋からは絵具の匂いがプーーンと漂ってくる。押し入れは昔ながらの引き戸で、床にはカーペットが敷かれている。日本間を洋風に改装したようである。

部屋の正面にキャンバスがあり、描きかけの山の絵が立てかけられている。その横には古びたギターと額が無造作に積まれている。そして、昔学校で使われていた木の机と椅子が置かれ、机も腰掛けも随分絵具で汚れ、所々のこぎりで削られている。近松らしい必要最小限のものしかない部屋である。

「ところで、ガンの数値の方はどうだ。下がったか」

「それが完全に下がらないんだ。まだガンが残っているかもしれない程度なんだが、しぶといやつで困っちゃうけど仕方がない。毎月、放射線療法に通っていたんだが、放射線を当てた翌日は身体がだるくて散歩にもいけないことがある。今のところ食欲もあるし、生活に支障はない。気楽に暮らしておれば、そのうちよくなる。心配しても仕方がない」

「確かに気楽でいるのが一番だな。だけど医者にはマメに通えよ。前立腺ガンは延命率も九十％以上と高く、心配し過ぎない方がいいと聞いている。おれがガンになったときは手術して、すぐに数値がほとんどゼロになったから運がよかった」

それを聞いた近松が驚いた表情を見せた。

「えっ、お前、ガンになったことあるの」

「この前、言わなかったか」

「おれは聞いておらん。足の骨が折れたことしか言ってないぞ」

久平は自分がガンになったときのことを話し出した。

「おれは五十九歳のとき、胃ガンになって、六十一歳のときに二回目の胃ガンになった。お前はまだ一回だろ。その点ではおれの方が先輩だ。なんてったって二回もガンをやって、切腹しているからな。車にも障害者マーク付けているだろ」

「そうそう、一度聞こうと思っていたんだが、お前の車、色々なマーク付いているので、不思議に思っていたんだ」

「まずは高齢者マークだろ、それから車椅子の九十五歳の母親を病院に連れていくので、障害者マークだろ、それにおれ自身が胃袋がなくて障害者だし、たまには孫を乗せるからベビーマーク。だからあらゆるマークを付けておくんだ。これで、どこに車を止めても安心だからな」

久平は自慢げに話した。免許証のない近松が「胃袋がないのは障害者なの」と言い、久平が「飯がまともに食えないのだから、障害者に決まっているだろ」と言い返した。どうでもいいことであるが、年を取ると取りとめもない話がずるずると続くものである。

久平のガンとの闘いについて少し述べておくと、久平は五十九歳の健康診断で「山田さん、ガンです。急がないと間に合いません、紹介状を書きますから大至急、手術を受けて下さい」と突然に言われた。この医者の警告で、一回目のガンの手術を受けた。

それから二年目、「山田さん、またガンができています。入院ですね」。久平は再発のガンで何人かの知り合いが死んでいったことを思い出した。

「再発か……これでだめか……」

しかし、実際には前のガンの残りが出たのではなく、新たに小さなガンができたのだった。それも極めて初期のうちに見つかった。しかし、久平にはそのような心の余裕はなく、奈落の底に落ちた思いであった。

二度目のガンの宣告を受け、久平は夜寝付くこともできず、朝早く起き、登りくる朝日に向かって静かに手を合わせた。

「神様、申し訳ありませんでした。せっかく助けていただいた命なのに、今までと同じような生活をしてしまいました。申し訳ありませんでした」

生活習慣が悪くてガンになったのに、同じ生活を続ければ、ガンが再発するのはむしろ当然。久平はやっと六十年の生活習慣を変える決意をした。

「神様もう一度だけチャンスを下さい。今度こそは今までとは違った生活習慣を作りますから」

神様との約束である。久平はこのときから人生を変えた。新たな生き方の始まりである。

仕事師、久平の大変身が始まった。学校を卒業してから続く四十年間の生活パターンを変えるのは至難の業だが、神様との約束である。

仕事は朝の一時間に限定し、ついつい気になることも言わずに我慢。どうせ死んでしまったと思えば、大部分がどうでもいいことである。やることと、やらないことを決め、最低限、将来災いが掛ってきそうなことだけに焦点を絞り、それ以外は見て見ぬふりをする生活を始めた。

長年の生活習慣を変えるために、久平は得意とするスケジュールを作ることとした。

まずは第一ステージとして、健康診断はすべてのことに優先させる。リハビリとして、一週間に五日はトレーニングセンターに出かけ、運動する。一日一万歩以上は必ず歩く。ゴルフはカートに乗らずに完歩する。月に一度は気晴らしのトレーニング旅行に行く。

そして第二ステージとしてはフルマラソンに挑戦する。百キロウオークに挑戦する。四国巡礼千四百五十キロを歩く。精神面では絵や音楽を楽しむ。

そして、最後の仕上げの第三ステージは歩行月間四十万歩を達成する。フルマラソンで世界を走る。ボウリングは月間百二十ゲーム投げる。日常の移動は自動車からロードバイクに変える。精神面は心に残るような絵を描く。いくばくか世の中のためになる本を書く。

体力の限りを尽くして免疫力を高め、スポーツを通じてストレスを解消し、ガンに打ち勝つことを決めた。さらに時間があれば園芸も楽しむ。実に欲の深い内容であるが、神様との約束である。問題はどうやって楽しくやるか、そして、継続するかである。

高いところを目指して登り続けてきた久平が、人生の大転換をするのに自分を見つめ直さなくてはならないと思い、今までの自分を静かに振り返ってみた。山の遥か彼方を見る人生から、足のふもとのさらにその先、谷底まで見つめる。

上を見れば首も疲れるが、下を向いて歩くのは首も身体も楽である。上を向けばますます上が気になる。下は足元さえ見ていれば、さほど先のことは気にならない。突然、目の前に何かが飛び出してびっくりすることはあるが、降りかかってくるものを避けながら暮らすことに比べれば、随分気楽なものである。

下を向いているからと言って、希望がなくなるものでも、夢がなくなるものでもない。目指すものが違うだけであり、一生懸命毎日過ごしていることには何ら変わりのないのに気づいた。

「バカは高いところに登りたがる」と言われるが、馬鹿でなくとも一般的に人間は高いところが好きである。高層ビルには最上階にレストランがあり、山の頂上には必ずと言っていいほど展望台が造られている。そして、人々はそこで記念写真を撮るのがお決まりである。

しかし、高いところには確かに素敵な景色があるが、それ以外には何もない。それに比べて、ふもとには、水もあるし食べ物もある、家もあるし友もいる。生活を送るにはふもとの人生の方が遥かに充実しているのだが、なぜか人は上へ上へと登りたがる。

不思議な現象である。遥か昔の人類が遠くの獲物を探したり、攻めてくる敵を見張ったりして過ごした時代からの遺伝子がそうさせているのであろう。

遺伝子は人類が分別を持つ以前から人間の行動をつかさどっている。理性では何ともならない存在である。

人間が文明を持ち始めると、今度は死んでも持ってもいけないほどの金（財産）にしがみつく。新しいことができないほど、過去の思い出にしがみつく。周りの人に嫌がられるのもかまわず、組織にしがみつく。

過去の栄光と義理で、団体にしがみつく。溺愛と将来の不安で、子供にしがみつく。自分の能力の限界を感じ、地位にしがみつく。使いもしないものを財産と勘違いし、ゴミにしがみつく。そして、去りゆく命にも、生命維持装置にしがみつく。

久平は昔、禅堂に座禅を組みに行っていたころ、和尚から「無一物中無尽蔵」の世界を知るように、と言われたことがある。人は何かを持ちたがるものである。そして持つことが安心を呼び、幸せと錯覚する。久平は神様と約束したにもかかわらず、いまだに捨て切れないでいる自分を省みて、和尚の言葉を思い出していた。

十、九十五歳、母親の心配事

近松も久平も、年相応に棺桶に近付いている。本人たちはあまり気付いていないのだが、話の内容は必然的に生命の終焉のことに繋がっていく。死を覚悟した経験のある久平が自分の死生観について話し出した。

「長く生きることがイコール幸せでないのは多くの人が理解している。苦しんで死にたくないと願っている。見苦しく死にたくないと誰もが思っている」

「見苦しくない死に方か？　見苦しい死に方とはお前、難しいこと言うな。ぽっくり死ねば見苦しくないな」

近松が聞き返した。

「風呂で丸裸で死んで、二、三日過ぎて見つかってみろ、見苦しくないか。死んでいる光景ではなくて、死ぬ間際の状況だよ」

「……」

「今ある状況に不平不満を言わないでいられる。身の回りのことは自分でできる。自分以外の人に喜びを提供できる。神でも仏でも家族でもいい、信じるものを持っている。自分を取り巻く人に感謝の気持ちが溢れてくる。この中のどれか一つでもあれば、見苦しい死に方にはならないのではないか。どうだ、見苦しくないだろ」

久平は両親のことを思い浮かべていた。長く生きて、しかも日々が幸せなのが理想であろう。しかし、それはそのときになってみなくてはわからない。

「おれの父親は死期が近づいたとき、最高の医療を受けながらも『死にたい、死にたい』と言って旅立って行った。お袋はまだ元気だが、九十五歳にもなって『死ぬのは難しいもんだ』『百まで頑張る』と言っているよ」

何もない近松の部屋の中で、取りとめのない話をしていたが、久平がキャンバスにある描きかけの山の絵を見て「この山、どこの山をモデルにしているんだ」と尋ねた。

「この山か。この前、自転車で猿登山まで行ってきたんだ、それを描いているんだ」

やがて二人は部屋を出た。

久平は「死ぬのは難しい」と言っている母親が入所している老人ホームを毎日覗くことにしている。食事前に覗いたとき、母親が突然「ボケたくない」と言い出した。突然のことで何を言ってるんだろうと不可思議に思っていると、テレビからボケない食べ物というコマーシャルをしている。

多分、テレビのコマーシャルか番組を見て言い出したのだろう。「そうだね、そうだね」と生半可な返事をしていると「この前、私より若い人がボケて徘徊して、電車にはねられて死んだそうだ。私はボケていないよね」と念を押すのである。

母親はすでに九十五歳。「自分より若い人が」と言うが、世の中の大部分が彼女より若い。また、徘徊して電車にぶつかったと言うが、最早、百メートル歩くのがやっとである。道路まで出ることができないのに、人間は色々なことが心配になるものである。

「私はボケていないよね。ボケは自分ではボケていることがわからんそうだ」

「おっかさん、あんたはボケてはいないから安心しな」

「ほんとか、嘘でないだろうね」

久平はつまらないボケの話を長々と母親とやることになってしまった。

「私はよく薬を飲むのを忘れる。そして、たまに二度飲んでしまうこともあるのよ」

母親の飲んでいる薬は骨粗しょう症の薬、多少間違えても命に支障がないのだからどうでもいいことだ、と久平は思いながらもうなずいている。

「最近、人の顔と名前を思い出すことができなくて、会う人ごとに申し訳ないと思うことが多いんだよ」

おいおい、九十五歳だろ、おれなんか毎日だよ。ごく身近で毎日会っている人の名前が突然でなくて、あわわわ、となることがあるのに、冗談じゃないよ。内心、そう思った。

「おっかさん、そんなの当たり前だよ」

曜日を間違えて大慌てをしたり、道を間違えて大回りしたり。カードの暗証番号を忘れて、金が出てこないこともある。

この前なんか、喫茶店に帽子とコートを忘れたら、喫茶店から電話が来たので受け取りに行った。帰りにカバンを忘れてきてしまった。あのときは自分ながらあきれた。「おっかさん、誰にも言うなよ」と久平がくぎを刺してから、こう言った。

「この前、自宅の近くにあるショッピングモールにお茶しに行ったんだ。そうしたら、帰るときに自動車を忘れてきて、翌朝まで気づかなかったんだ」

朝、車に乗ろうと思ったら車がない。「おーい、おれの車、どこに行った？　お前知らないか」と大騒ぎになった。あのときは盗られたんだと思って、頭の中がパニックになった。警察に電話しようとしていた。

そうしたら妻が「あなた昨日、自動車でどこかに出かけたでしょ」と言った。あのときは自分がみじめで、一日中、落ち込んでしまった。

「おっかさん、ボケは今ご飯を食べて、十分もしたらまた飯を食べたいと言い出したり、おれの顔を見て誰だかわからないようになったら、ボケになったというんだ。おっかさんは欲が深いから、今でも銭の計算もできるし、医者に行く日も、デイサービスで風呂に入る日も覚えている。当分、ボケることはないから安心しな」

そう諭すのであった。久平は帰りのエレベーターの中でつぶやいた「ああ、疲れたーあ」と。

その数日後、今度は「おれおれ詐欺」の話になった。やはりテレビ番組の影響であろう。人間生きている間は次々と心配事が尽きないようである。

「この前テレビで、孫から『おれおれ』って電話がかかり、お金取られたと言っていたが、私の所に電話がかかってきたらどうしよう」

老人ホームに入っているのだから、電話がかかってくることもないし、お金を引き出しに銀行へ行くこともない。それなのに、何を考えているんだと思うのである。

「おっかさん、心配するな。だまされない人もいる。一つはボケている人だ。おっかさんはボケていないが、しっかり者だから大丈夫だ。二つ目は金のない人だが、おっかさんの金はおれが管理しているから大丈夫だ。三つ目は固定電話がない人だ。おっかさんは年寄り専用の携帯電話しか持っていないし、その番号は数人しか知っていないので、おれおれのワルが電話してくることはないから大丈夫だ」

おっかさんは「おれおれ」詐欺には絶対にかからないから心配ないとさとすのだが、「でも、テレビで絶対だまされないと思っている人が危ないと言っていたから、あんたも気をつけなよ」と言われる始末。九十五歳の母親が六十九歳の息子のことを心配する。親とはそんなものだ。

久平は、そうだねそうだね、と相槌を打つ。話題を変えることにした。

「おっかさん、親父の命日がもうじきだけど、覚えているか。墓参りに行こうと思うのだが」

「お父さんの命日ね。あんた代わりにお参りに行って来てくれ」

「おっかさんは行かないの。歩けるから一緒に出かけよう」

「近くに行くと、迎えに来るといけないから、行かない。あんた行っといてくれ」

「うん、それならいいよ。で、命日いつだったか覚えているか」

「結婚記念日は十一月十日だったが、命日は忘れてしまったなあ」

まるで漫才である。久平が口ずさんだ。

「ボケたらあかん　ボケたらあかん　人生ボケたら　惨めやで……」

少し耳の遠い母親には久平の口ずさんだ歌は聞こえていないようである。

老人ホームのエレベーターホールからは、遥か遠くに雪を抱いた御岳の山が輝いて見える。その手前に市民がハイキングで登る猿登山がある。

久平は遠足で登ったとき以来、行ったことがない。この前、近松と猿登山に出かけた話をしていたことを思い出した。

「久しぶりに登ってみるか」

十一、負けるものか、猿登山

久平は早速、近松に電話した。電話と言っても、彼は携帯電話がない。自宅の固定電話に留守電をするしかないのである。今どき携帯電話もない人間がこの日本にもいる。自動車の免許もない、携帯電話もない、キャッシュカードもない、パスポートもない、稀に見る珍しい男である。

数日後、久平と近松は猿登山六二九メートルに登ることになった。朝八時の電車に乗り、出発した。猿登駅まで四十六分の乗車である。

列車は二両編成だが、乗客は三十名もおらず、ガラガラである。そんな中、近松が立ったままでいる。久平も立ったままでいる。久平が聞いた。

「チカちゃん、座らないの。なんで立っている?」

「おれ、立っているのが好きなんだ。立っていても座っていても、着く時間は変わらないし、料金も一緒だからな」

「お前だって、どうして立っているんだ」

「おれは毎日ストレッチをしているんだ。電車の中では決まってストレッチすることにしている。何もしないで電車に乗っているだけでは時間がもったいないだろ。だから昔から本を読むかタブレットを開けるとき以外は、立ってストレッチすることにしているんだ」

久平はそう言いながらストレッチを始めた。つま先立ち、足の屈伸、天突き体操、縦開脚に横開脚。そして、頭の後ろに腕を回して、フラミンゴのように片足で立った。

「チカちゃんもやったら。お前、ペタット開脚できるんだから、こんなの朝飯前だろうに」

「お前、よくもそんなことしていて、恥ずかしくないな」

「え、恥ずかしいか？　おれはもっと込んでいる電車の中でも、いつもやっているよ。別に恥ずかしくなんかない」

「お前だって病院の待合で、関取のやる股開脚やっていたじゃないか」

五十年振りに再会したときのことを言った。確かに席に座っている一般の乗客は久平のストレッチをちらちらと見ているが、本人はどこ吹く風である。

「どうせおれのことなんか知っている人なんていないから、大丈夫だよ」

そう言いながらストレッチを続ける。電車が乗り継ぎ駅に来たとき、どこからか「山田さん、今日はどこかにお出かけですか」と声が掛った。「はあ、ちょっと友達とハイキングです」とにこやかに答えるが、本当はどこの誰だかまったくわかっていない。

久平は地元でいろんな役を引き受けており、本人が思っているより顔が広いのだが、人の顔と名前を覚えるのが苦手である。久平はそのことに気づいていないので、人目をかまわず気楽な行動ができる楽天的なところがあった。

駅から猿登山までは三キロほどある。定期バスが出ているのだが、けちの近松が駅前のバス停に止っているバスを見るが早いか「おれ、登山口までの道知っているから、歩いていこう」と言い出した。

久平も「そうだな、今日はハイキングに来たことだし、天気もよいから」と歩いて行くことになった。バスなら十分、歩いても三十分程度である。二人は小さなリュックを背負って歩き始めた。

登山口についたのが九時半少し前。「じゃー行くか」。二人はだまって登り始めた。

近松は数カ月前にもこの猿登山に登っている。しかも、この登山口までは自宅から三十キロ近くあるのだが、ママチャリで来ての登山である。

久平にとっては小学校の遠足で登ったとき以来である。登山口を出発すると、大きな鳥居と見上げるような杉の大木があり、参道を薄暗く囲い、その遥か向こうに立派な神社が見え隠れしている。

久平は聞いてはいたが、こんな田舎にこんな立派な神社があることに、びっくりしていた。小学校の遠足のときにはまったく気付かなかった。

「せっかくだから、登山の安全祈願にお参りして行こう」

久平は小銭入れから賽銭を出し、神妙にお参りしている。その傍らで近松は大杉の御神木に両手を当てて、何かブツブツ言っている。久平はそれを見てあいつ、何をしているんだと不思議に思った。

「チカちゃん、何でお参りしないの」

「特に理由はないが、昔から拝んだことなどない。賽銭なんか出しても、何のご利益もあるわけでもない。だからお参りもしないし、賽銭も出さないことにしているんだ」

それはそうだ。賽銭を出したからといって、手を合わせてお願いしたからといって、神様が叶えてくれるはずがない。そんなことは普通の大人なら、誰でもわかっていることだ。ただ日本の文化として、自分を律するために、拝んでいるのである。神様は自力本願で、困った人を助けてくれる。他力本願ではない。心の支えであるはずだが、近松は賽銭がもったいないのである。投げる賽銭があるぐらいなら自分が欲しいとまで言う。

「まあ、色々な人がいるから世の中、面白い」

久平は自分自身を納得させるのだった。

男という動物は頭では理解できない本能がある。比較対象の相手がいるときは、恥は掻きたくない、そして負けたくない。

初めて一緒に山に登ることになった近松と久平も、この本能に動かされていた。近松は毎日二時間も歩いていて、足を鍛えているという自負がある。久平も毎月百キロ以上走り込んでいる自負がある。ともにおれが遅れるわけがない、おれが先に音を上げるはずがないとの思いである。

登山道を初老の男二人がハイキングである。話すことは何もない。まったく会話がないまま、ただ黙々と登る。

登山道の入口には山頂まで徒歩で二時間と書いてあった。子供を連れた家族が楽しそうに登っている。山ガールと言われる山岳雑誌から抜け出してきたようなカラフルなウエアにリュック、おしゃべりに来たのか、ハイキングに来たのか止まっている時間の方が長い女性グループなどを横目で見ながら、黙々と登った。

足は止まることもなく、写真を撮るでもなく、休憩を入れるでもない。猛烈会社の野外研修会の行進のようである。標準登山時間二時間のところを、わずか一時間で山頂に着いてしまった。

久平が持っている携帯電話で記念写真を撮ろうと、たまたま居合わせた女性に頼み、シャッターを押してもらった。この二人は登り始めてからまだ一言も話をしていないことに、本人同士も気付いていない。初めて久平が口を開いた。

「ちょっと、あそこに座って休憩していくか」

山頂といってもわずか標高六百メートルちょっとの山。景色が開けているのでもない林の中である。ただ遥か北の方に雪をたたえた霊峰御岳山がきれいに見えている。

リュックを開けてペットボトルのお茶を飲み、コンビニで買ったおにぎりをただ黙って食べる。わずか十五分の昼食である。毎年二、三回は一人で登っていると近松が言った。

「来た道を戻るか、それともこの先の尾根を通って山の反対側に出るか。どうする？」

「そうだな、どちらでもいいが、反対側に出たときは帰りの電車があるのか」

「電車はあるにはあるが、二時間に一本ぐらいだな。バスもある」

「お前、そのバスに乗ったことあるのか」

「いや、乗ったことはない。バス代がもったいないから、麓まで二時間近くなので、歩くことにしている。大体は自転車で来るから、来た道を帰ることにしているんだが、今日は電車だからどちらでもいい」

判断を迫られた久平は「来た道を帰ろう」と言って、二人は再び歩き始めた。無口の下山は小走りとなり、四十五分で終了してしまった。登山口の神社に着いたのはまだ十二時になったばかりである。

久平は静寂に包まれた神社の正殿にお参りし、登山の無事のお礼をした。社務所で記念にと健康祈願のお札を千円で求めた。この姿に、今まで黙っていた近松が口を開いた。

「そのお札、どうするの」

「ええ、家の神棚に飾るんだけど」

不思議そうに近松の顔を覗き込んだ。聞くまでもないことだ。

「お前のところは神棚ないの」

「そんなものはない。うちには仏壇があるから十分だ」

神社から駅に向かう道すがら、近松が言い出した。

「お前、随分足が速いじゃないか」

「お前とおれの今までの生活パターンはまるっきり違っていて、似ても似つかないが、自転車と歩くことだけは共通しているな。しかも、ガン友達でもあるしな」

東海道・中山道、弾丸自転車旅

一、久平、近松の素性を知る

「どうだ、一緒に東海道を自転車で走ってみないか」と近松が突然に誘った。「いいよ」と軽い返事で久平が答えた。

近松は久平の返事の軽さにちょっとびっくりしたような雰囲気で「じゃ、いつから始める」。しばらく間が空いて「チカちゃん、ママチャリじゃ片道五百キロ近くあり、往復千キロ近くになるぜ」と心配そうに久平がつぶやいた。

「おれはママチャリで十分いけると思うのだが」

「バカ言え、箱根の関所越えがあるんだぞ。ロードバイク買ってこいよ。それにママチャリは自転車とは言わないんだよ。あれはケッタと言うんだ」

ちょっとムキになって「ロードバイクでなければ行かない」と言い放った。近松は金のかかることなので、少しムッとしながら「お前の自転車、いくらしたんだ」と尋ねてきた。

「付属品まで入れると、ざっと三十万円ぐらいだったかな」

「……しばらく考えさせてくれ」

近松は黙ってしまった。それから数日後、近松がロードバイクにまたがり、工事用の白いヘルメットをかぶって久平の所にやってきた。

「おおお、すごいの買ったね」

「自転車屋で中古の掘り出し物があってな。消費税込みで三万円で買えた。店のおやじに頼んで全部メンテナンスしてもらい、これなら千キロは楽々行けると保証付きだ」

誇らしげに言い、「これでおれもママチャリから自転車に転向だ、どうだ」とにこにこ顔である。

久平は近松が被る工事用のヘルメットを見ながら「チカちゃん、そのヘルメットお前の得意なペイントで色を塗ったら」と言うと、近松は「もちろんその心積りだ」と自信ありげに言った。

その翌日、近松のヘルメットは右半分にアメリカの星条旗、左半分に日の丸が描かれ、カラフルになったロードバイク用ヘルメットに変身されていた。

十月一日朝七時半、六十九歳の二人が東海道を東に向かって出発。昇りくる朝日に向かって、久平は旅の無事を祈って手を合わせた。

最初の宿場は十キロ先の岡崎宿。松並木の東海道を、風を切って走り出した。矢作川の橋の袂で蜂須賀小六の石像が迎えてくれる。

橋を渡ると八丁味噌で有名な味噌蔵が見えてきた。岡崎城を左に見ながら立ち寄ることもなく市内の七曲りに入り、そのまま三十九番の藤川宿に到着した。

自動販売機でポカリスエットを買って、自転車にまたいだまま休憩。松並木を通り抜けて、赤坂宿に入った。安藤広重の絵になっている大橋屋の前で写真撮りと休憩、時計はまだ九時三十分。久平が言った。

「もう少しゆっくり景色を楽しみながら行かないか」

長距離の旅行をしたことがなく、テンションの上がっている近松は「豊橋まではいつも自転車で来ている。特に見たいところなんかない。さっさと行こう」と言って、そそくさと走り出した。

赤坂宿の次は松並木で有名な御油である。松並木のはずれに御油松並木資料館があるが、さして見るものもない。「通過や通過」と近松がさっさと出発する。

豊橋の吉田宿に着いた。出発してここまで四十キロ強、経過時間は約三時間半、時計は十一時に差し掛かったところである。

近松が「昼にしよう」と言い出した。考えてみれば、ほとんど飲まず食わずに来ている。早めの飯を食べることになった。

近松が「あそこのコンビニで弁当を買うことにしよう」と言う。「えっ、コンビニ弁当で済ますの？　どこかの喫茶店か食堂に入ろうよ」と久平が誘うのだが、近松はそんなことはお構いなしに、コンビニに入っていく。

「おれはしゃけ弁だな、お前は何にする」。久平は仕方なく「おれはおでんにするわ」と言いながら、プラスチックのおでん容器に玉子、はんぺい、ちくわ、それにホットコーヒーを買った。

「チカちゃん、飲み物はいらないの」

「さっき買ったポカリがあるので、いらない」

「えっ、しゃけ弁をポカリで食べるの」

「腹に入れれば何で食べても一緒だ。おれは好き嫌いがないんだ」

近松は何食わぬ顔をしている。久平はひどい旅行になりそうだと少し不安がよぎったが、この予感が現実になるとはまだ知る由もなかった。

二人は吉田城の楼閣前のベンチに座ってコンビニ弁当を食べたが、その間、何も話を交わすことはなかった。わずか十五分の食事で、次の宿場町二川に向かって走り出した。

二川宿の街並みに入ると、久平が「何だ、これ。ものすごい資料館ではないか」と言って目を見張った。入口には大名屋敷のように立派な門があり、まるで今にも殿様が出てきそうな感じである。

久平がちょっと覗いていくかと言うと、近松は「そんなもの覗いても仕方がない。どうせ昔の生活道具が飾ってある程度だ」と吐き捨てるように言う。仕方なしに久平はスマホを出し、外回りの写真を撮るのがやっとだった。

自転車でしか旅行をしない近松にとって、これより先は未知の世界である。二川から白須賀宿までは峠越えになる。ママチャリではとても越すことはできないほどの坂が続くが、ロードバイクのギアを落として上る。

そのとき久平が「あ、足がつった」と言って、おんやど白須賀資料館近くの坂の途中で、自転車から降りてしまった。近松はそんなことはお構いなしに、峠にある資料館まで先行してしまい、そして、大きな声で「おーい、景色よいぞ」と叫んでいる。

塩見坂から海が見える。安藤広重の描いた光景がそこにあったが、久平はそれよりも「何んて薄情なやつだ。足がつったと言っているのに、クソッ」とつぶやいた。自転車を押してやっとのことで、峠にたどり着いたのだった。

最近は便利なもので、足がつらなくなる薬がある。久平はポシェットから芍薬甘草湯を取り出し、口の中に入れ、そして、ポカリスエットで一気に流し込んだ。

久平は胃袋をガンで全摘しているので、薬は一気に腸まで達する。点滴を打ったように、効き目が速いのである。五分、十分……「足が治った、出発していいぞ」。これから新居宿までは下りである。

難なく新居の関所に到着。関所資料館は、昔の関所の風景が人形によって再現されており、これまた立派なものである。受付の女性の人が「見て行かれますか」と声をかけてくれたが、近松は「見た、見た、次に行くぞ」と言う。

外観だけで見た、見たはないぞ。後でわかったことだが、近松は金のかかることは本能的に拒絶反応を示すのだ。久平はその女性からパンフレットだけをいただいて「すみません、ありがとう」と言って近松の後ろを追いかけることになった。

昔はここを船で渡ったのだろう。関所を作るにはもってこいのところである。この関所を迂回するには浜名湖の北を大回りして通る、姫街道に出なくてはならない。

弁天を渡ると、舞阪宿。うなぎ屋の暖簾が目に入る。久平は「おーい、うなぎを食っていくぞ」と近松に声をかけた。が、知らんぷりである。

久平が「うなぎを食わなければ、おれは動かんぞ」と言うと、仕方なしに近松が戻ってきた。

「おれはうなぎは年に一回と決めているんだ」

「何だ、その一回というのは」

「一年に一回しか食べないということだ」

「わかった、わかった。今日はおれのおごりだから、食べて行こう」

最早、けんか腰のような掛け合いである。久平はここで食い逃しては、どこで食うかと

の思いに駆られている。

胃袋がないので少量しか食べられない。一日に何度も間食しないと、体力が続かないの

である。

二人の前にうなぎ重が出てきた。久平が「おれはこんなに食べられないから、お前半分

食べてくれ」と言って、近松のうな重の上に乗せた。

近松のうな重は山もりである。近松は「悪いなあ」と言いながら、嬉しそうに食べ始め、

最後はお茶ずけにして平らげた。

朝出発してから浜松城まで約八十キロを走り抜いた。六時間半で来たことになる。休憩を浜松城ですることになった。

「チカちゃん、お城に登ってみよう」と久平が言うと「そんなもの、登っても仕方がない」とまたもや愛想もない返事が返ってくる。「行きたいなら、お前、行って来ていいよ」と言う。

仕方なし久平は入城券を二枚を求めて「おーい、お前もいけるぞ」と誘った。無関心な近松と城の中にある資料館をそそくさと見学して修了。

またもやだんまりで自転車を走らせる。天竜川に差しかかる。ここを超えれば見付宿だ。さわやかな向かい風で、出たてきた汗がすぐに乾燥して気持ちいい。

やがて見附宿に到着。街道沿いに木造五階建ての建物を発見。これが旧見付小学校で、今では資料館になっている。あまり時間は取れないが、久平が「急いで見学しよう」と言った。

「どうせありふれたものが展示してあるだけだから、入口でパンフレットとスタンプだけもらって行こう。それよりも、もうすぐで袋井だから、急いで行くことにしよう」

近松が先を催促する。久平は思った。

「こいつはただ走るだけで、どこにも寄ろうとしない。どうゆうやつだ。こいつの脳みそは文化的価値観が欠落しているのではないのか」

腹が立つのと不思議な感覚とが頭の中で交錯していた。後から徐々にわかってきたのだが、近松の気持ちはゆっくり行けば旅館代もかかるし、飯代もかかる。東海道を制覇したことに価値があるのであって、見聞を高めることに価値があるのではなかったのである。

袋井宿は東海道二十七番目の宿場町である。キャッチフレーズ「東海道のど真ん中袋井」と染め抜かれた幟旗が掲げられている。出発よりおよそ百キロ、九時間での到着である。

十六時を少し回っている。久平が「ここで今日は泊まりにしよう。どこかビジネスホテル

はないかな」と周りを見渡した。すると、近松が「ホテルより宿屋の方が落ち着けるので宿屋がよいな」と言い出した。

そして、近松が「久ちゃん、まだ明るいよ。もう終わりにするの？　まだ四時になったばかりだよ。もう二宿はいけるよ」と付け加えた。

久平は白須賀で足がつってから、コンビニで栄養ドリンクを飲み、だましだまし足を気遣って自転車を漕いできた。さっきから、ふくらはぎがぴくぴくし始めてきている。つる前兆であることを気にかけている。久平はどこかの喫茶店にでも入って休憩したいのだが、近松はまったく止まる気配がない。

たまりかねた久平が言った。「あそこの喫茶店でお茶を飲むぞ」。これには近松も折れ、久平はアイスコーヒーとトーストを注文。近松は仕方なしに冷たい牛乳を頼んだ。

たった十分ほどの休憩で出発となる。目指すは山之内一豊の居城、掛川宿である。大手門を自転車で潜り抜け、立派な二之丸御殿に到着した。

久平が「おお、お茶席をやっている。これはぜひ一服いただいていかなければ」と座敷に上がった。それを見ていた近松は「さっきお茶飲んだばかりなのに、また飲むのか。ぼくはいらない」と庭の見学に出て行ってしまった。

久平は内心、なんてやつだ、さっきのはコーヒーなのに今度はお茶席だぞ、日本の文化を飲むんだ、まったく風流のわかっていないやつだな、と思いながら茶席に着いた。久平の足は最早、疲労の限界を超えている。

サイクリング用のけばけばしい衣装ではあるが一応男であるので、同席したご婦人からは正客にと勧められた。最初に席に着いたのはよいが、しばらく座っていると、あいたたたっ、となった。

「皆さん、申し訳ありません。今日は自転車を百キロ近く漕いできましたから、足がつってしまいました。申し訳ありません」

そう断って、あぐらをかくはめになってしまった。お茶席の話はその後、久平の自転車旅行のこととなり、お茶席で話題となるお茶碗のことも掛け軸のこともなく、おかしな形で終了してしまった。

お茶をいただいてニコニコ顔で出てきた久平に「久ちゃん、ここで泊まろう。どこかによい宿はないか。そこの係の人に聞いて来てくれないか」と言う。久平は「ここは観光案内所じゃないから、外で聞こう」と近松を城の外に連れ出した。

旅行する者が宿泊の情報を得るには、観光協会が一番である。観光協会がないときは古くから営んでいる酒屋がベストである。

一般的に言って、酒屋は昔から代々営業しているところが多い。そして、酒を飲食店や旅館に配達しているので、旅館やホテルのことを実によく精通している。旅行好きの久平はそれを知っている。

お城を出て酒屋を探した。商店街にある酒屋を見つけて「すみません、この近くで旅館をしている所ありませんか」と尋ねた。

酒屋の主人はひなびた昔ながらの旅館と、国道沿いのホテルを紹介してくれた。近松が選んだのは食堂兼旅館であった。

一階が食堂で二階が宿泊。廊下を挟んで両側が六畳一間に区切られた床の間付きの畳の部屋である。壁越しに隣のテレビの音が漏れてくる。

出発して百十キロ。かすかな疲れを感じている二人は黙って飯を食い、旅館の少し大きめの風呂につかりながら、話は自転車のことになった。久平はふと同級生の小川のことを話し出した。

「お前、毎日町内を自転車で走り回っている同級生の中で、一人だけ教師になった小川、知ってるだろ」

「おがわ？　あのオッチョコチョイ、よく先生に立たされていた小川か。ええっ、先生になったの！」

「高校出てから教育大に進学して、教師になったんだ。しかも、たいして運動神経がないのに、体育の先生だぞ」

「背も高くなく、走りっこでもいつもびりの方を走っていたし、鉄棒でも逆上がりできなかっただろ。確かバレー部に所属していたが、補欠で玉拾いばかりしていた覚えがあるぞ。あの小川が、先生ね」

「あいつ、定年までよく首にならずに勤められたよ。テレビドラマに出てくるような熱血教師で、日曜日も祭日もなく、毎日学校に出ていって部活を指導し、挙句の果てに宿直室にしょちゅう泊まっていたと評判で、父兄からの人気は絶大だった」

教員を退職するときなど、かっての教え子が三百人以上も押しかけ、大送別会が開かれた。地元でも話題になった。

「おれはまだ会社に行っていたから、そんなことは知らなかったなあ」

「おれは以前、小川の教育論を聞かされたことがあるんだ。やつが言うには『人間が人間を育てるんだ。人間臭く本気で立ち向かわないと、子供には見透かされてしまう。仕事だと割り切ったり、文章で来る一片の通達の通りにやっていたのでは、ろくでもない子供になってしまう。自分の身内と思い、自分の兄弟姉妹と思って、損得なしに愛情をつぎ込むのがおれの教育論だ』って力説するんだ」

「根っから子供を育てるのが好きだったんだな」

「ところが退職して三年もした頃、東北の温泉旅館にみんなで行ったときなど、べろんべろんに酔って、頭にパンツかぶって踊ったんだよ。そして、そのまま宴会場で朝まで酔いつぶれて、朝起きてみんなで朝風呂に行ったときなんか、庭先へ回って女風呂を覗きに行くんだ。いい年こいて見つかったら、なんて言い訳したらよいか。まあ、しわくちゃばあばっかりしか、泊まっていなかったがな」

「子供のころのオッチョコチョイの性格は今でも治っていないね。三つ子の魂百までって言うが、まさにその通りだな」

「教師の現役時代でも、酔っ払って駅のホームで寝たり、溝にはまって血だらけで家に帰ってきたり、自転車で電柱にぶつかって骨折したり。それに、花見の帰りに公園で酔いつぶれていたところをパトカーに乗せられて家に帰ったこともあるんだ。何とそのパトカーのお巡りさんが自分の教え子だったというんだから、運がよかったと自慢していた。

とにかくこいつの失敗談は尽きることがない酒の肴だよ」

近松が思い出し「そう言えばこの前、町内の春祭りの際、随分赤い顔して歩いていたの見たな」と言った。学校を退職してからは、自宅は奥さんの地元の名古屋にあるのだが、学校の近くにアパートを借りて住みついている。

なんでもパターゴルフの会長を引き受けたとのことだ。朝早くから練習があり、名古屋からでは間に合わないので、単身赴任になったみたいである。

近松が「ほー、退職してから単身赴任ね」と感心した。地元におれば今でも先生と呼ばれ、そして今では会長と呼ばれている。自宅に帰ったら、ただの爺でしかない。こっちの方がよほど居心地がよいみたいである。

しかも、そのアパートの隣で、習字塾をやっている。近所の子供に習字を教えて、どうも酒代を稼いでいるみたいだ。その酒代を持って、毎晩のように赤ちょうちん街を今でも闊歩している。なにせ、飲み屋の主人も教え子。今でも毎日先生、先生と呼ばれて楽しくやっている。

「そうそう、あいつもお前と同じで、自動車の免許証を持っていないんだよ。学生時代に免許を取ったんだが、教師になったばかりのときに酔っぱらい運転で電柱にぶつかって、赴任先の校長先生から『酒をやめるか、自動車をやめるか、どちらかを選べ』と言われて、自動車を捨てたんだ。それ以来、やっと飲みに行くと『おれはお前たちの自動車の分、酒が余分に飲める』と捨て台詞を言っていた」

「ふーん。おれは酒もやらんし、自動車も持たない。おれの方がすごいな」

二、舌鼓、とろろ汁と桜エビ

朝六時、近松が起き出した。久平はインターネットで打ち出した東海道の地図を広げて、何やらブツブツ言っている。

今日はどこまで行けるか。一階の食堂で朝飯を食べ、次の宿場、日坂に向かって出発である。

途中、道の駅でお茶のペットボトルを買いに立ち寄ると、近松が「お茶買うの、昨日のペットボトルに旅館でお茶、入れてくればよかったのに」と不満そうな顔をする。

久平は今までにお茶をペットボトルに詰めるなんて考えたこともなかった。ペットボトルは飲めば捨てるものとしか思っていない。

道の駅の売店で五十過ぎの制服がはじけそうな、小太りのレジ係の人に久平が聞いた。「この宿場の名物は何かありますかね」。売店のおばさんはこちらの格好を見ながら「東海道をやっているのかい。それなら子育て飴だね。この飴をしゃぶりながら行くといいよ」と言って、レジの前の飴を渡してくれた。

久平は早速、袋を開けてポケットに二、三個詰め込み、近松にも三個渡して、残りをリュックにしまった。二人は飴を頬張りながら、少々きつい上り坂を走りだした。

途中に川崎屋という江戸時代の古家が現れてきた。近松はまたもや「そんなもの、見ても仕方がない」と言って、案内書を読んでいる久平を残し、先に出かけてしまった。

「おお、すごい」と近松が声をあげた。久平は「これが有名な金谷の石畳か」と感心した。

ロードバイクの細いタイヤではとても走れそうにない。二人は自転車を押して歩くことにした。途中に石畳茶屋がある。外には「おしるこ」の看板が出ていた。

久平はちょっと立ち寄りたいのだが、近松にはまったくその気配がない。久平も仕方なく、あきらめるしかなかった。

掛川を出て二十キロ余り来た。島田資料館の前に自転車を止め、久平が言った。「この宿場は見学していくぞ」とのきつめの言葉に、さすがの近松も「そうだな、ちょっと休憩するか」と妥協した。

資料館に入ると、玄関正面に島田結いをした等身大の人形が飾られている。珍しく近松が「久ちゃん、この人形とおれをツーショットで撮ってくれ」と興奮気味に言う。ゴッホの浮世絵を思い出したようだ。絵の趣味がある近松は後でこの島田結いの姿を描くつもりらしい。

島田宿の大井川の渡しの風景や当時川越えをした乗り物、川止めで泊まった旅籠などが町並み保存に残されている。「箱根八里は馬でも越すが　越すに越されぬ大井川」と歌にまで詠まれた東海道の難所だ。広重の大井川渡し場の絵図は誰もが知る有名なものである。

その資料館から少し離れた所に、映画の撮影で有名な蓬萊橋がある。明治時代にできた木造の橋で、これまた風情のある橋である。近松がなぜかこの橋を見て、またものすごく興奮した。

「おれ、この橋を自転車で走ってみたい」

受付で入場券を販売しているが、けちの近松が初めて金を出す気になった。

「すみません、自転車で通ってはいけませんか」

「手すりがありませんし、川の上は風が強いので自転車はだめです」

返事はすげないものだった。近松が「おい、先を急ごう」と言って自転車をまたいだ。ススキが秋風に吹かれてそよぐ大井川の土手の上を進みだしたとき、急に歌を歌い始めた。

野に咲く花のように　風に吹かれて
野に咲く花のように　人を爽やかにして
そんな風にぼくたちも　生きてゆけたら素晴らしい
ときには暗い人生も　トンネルを抜ければ夏の海
そんなときこそ野の花の　けなげな心を知るのです

「久ちゃん、ぼくはこの歌が一番好きなんだ。散歩のときもサイクリングのときも、いつもこの歌を口ずさんでいるんだ。そうすると、嫌なことも苦しいことも、みんな忘れられるよ。気分が明るくなってくるんだ」

久平も近松と一緒になって口ずさんだ。

野に咲く花のように　風に吹かれて
野に咲く花のように　人を爽やかにして

正定寺の立派な松、須賀神社の大楠木を見ながら、藤枝宿入りである。近松はまったく止まる気がない。久平は信号待ちのときに、ペットボトルで給水をするだけ。もともとコーヒー好きの久平は一日三杯はコーヒーを飲まないと、カフェイン切れを起こしてしまうほどのコーヒー党。もう我慢も限界である。昨日の出発から、まだ二杯しか飲んでいない。

「止まれ、止まれ。喫茶店だ。コーヒー飲まなければ、おれはもう動かないぞ」

声を荒げた。近松は不機嫌そうな顔をしている。

「お前は休憩ばかりだ。コーヒーならコンビニでも売っているだろ」

そう言いながら自転車を降りた。商店街の喫

茶店に入った久平はピザとホットコーヒー、近松は相変わらず牛乳を注文した。久平が出て来た冷凍食品の業務用ピザを見るなり、話しかけた。

「このピザの機械、おれの友達が作ったんだ」

「ピザ見て、どこのピザか、お前わかるの」

近松が不思議がる。久平はちょっと自慢そうに話し出した。

「おれは冷凍ピザには詳しいんだ。友達がピザの機械を作っているとき、嫌になるほど試食をさせられたんだ。お前も知っていると思うんだが、山田町で鉄工屋やっている加藤、知らないか。一学年下だけど、親父さんがＰＴＡの会長をしていたやつだよ」

「当然、知ってる。親父さんは顎鬚を生やして恰幅がよかったことを覚えている。今でも鉄工屋、やっているみたいだな」

昔は精密な工作機械を作っていて、なかなか羽振りのいい鉄工屋だった。それが時代の流れで工作機械メーカに押され、今では家庭用の包丁を研いだり、溝板や鉄製の門扉の溶接をしたりで、細々とやっている。

「あいつ、いつも夕方になると、犬の散歩しているだろ」

「そうだ、そいつだよ。ソフトバンクのお父さんの役に似た、白い犬を引きながら歩いている爺だよ。あの白い犬が大好きで、携帯電話もソフトバンクがお気に入りなんだ」

ガラケーからスマートフォンに切り替えたときは一週間も使い方がわからず、買った店に使い方を聞きに行った。店は電話販売店で、使い方やアプリの乗せ換え、インストールのことは教えることはできない、とのすげない返事。そのときはあの温厚な男が怒ったらしい。

「てめえら品物売っておいて、使い方を教えないってどうゆうことか、って。いまでは親戚の若い者にセットしてもらって、自慢げに使っているよ。

こいつの酒の飲み方は、ちびちびと長いのが特徴なんだな。日本酒オンリーで、チョコでちびちびマイペースで飲むんだ。そして、必ず昔の自慢話を始める」

親父さんが精密機械の製造会社を始めたのが戦後の復興期。やつが会社を継いだころ、精密機械は大手メーカに仕事を取られてしまっていた。そこで、加藤は専用機を作ることにした。

やつの自慢の専用機はたこ焼きの自動製作機で、たこ焼きを大量に自動で作る機械である。これが冷凍食品メーカーに認められて大ヒットした。

気をよくした彼は今度はパスタの自動調理器を作ったが、全然売れなくて大失敗。この失敗を取り返そうと、次は犬の自動餌やり機を家庭向けに作った。しかし、どこのメーカーも取り上げてくれず、またもや失敗となった。

これでいよいよ鉄工屋を止めるかというほど追い込まれ、最後に作ったのがピザの自動製造機だった。元々お好み焼きが好きで、お好み焼きの自動製作機を作りたかったみたいだが、友達のスーパーの親父からお好み焼きよりピザの方が断然よく売れると聞かされた。

そこで、ピザの自動製作機を作ったんだ。そうしたら、やはり冷凍食品メーカーに飛ぶように売れ、会社が潰れずにすんだ。

久平はピザの試食係として狩り出され、毎週のように試食して、やっと機械が完成した。そんなわけで、冷凍ピザには詳しくなった。

「やっと酒を飲むときはいまでも、この話を聞くのが通例となっている。しかも、前にも聞いたと言うと『おれがぼけているとでも言いたいのか』と怒るんだよ。みんな黙ってふんふんと空返事をして聞くことになっているんだ」

「酒飲みも大変だな」と近松が首を縦に振る。久平が「年を取ると、昔のことを話したがる。何度も同じことを話題にする。酒を飲むとそれがさらに輪をかけてひどくなるんだ」とうなづいた。

「この加藤が幹事のときに、玉造島にみんなで旅行に行ったんだ。今でも語り草になっている玉造島事件というのがある」

近松があまり聞きたい雰囲気でもないのに、久平が勝手に話し出した。島一番のホテルで豪勢に泊まり、いつものように大宴会になった。宴会は地元の料理が食える居酒屋がよいということになり、店を借り切っての宴会となった。

小さな店にこの懲りない連中はコンパニオンを四人も頼んだ。店のママと女の子のいる中、カラオケの三線の音色に合わせて沖縄民謡が始まり、最早どんちゃん騒ぎとなった。十時から十一時とますます盛り上がり、ついに日が変わってしまっても終わる気配がない。

十人中八人まではタクシーでホテルに帰ってしまったが、幹事の加藤と教師だった小川だけが残った。小川は飲み過ぎてそのまま昼まで誰もいない店で酔いつぶれていたが、幹事の加藤は何を思ったか、朝七時に女の子を両手に連れてホテルに現れ、「ハーイ、おはよう」と言ってホテルのモーニングを食べに来た。

早朝ゴルフ組の四人はこの光景に目が点となり、声をかけることもなく、無言での朝食となった。見てはいけないものを見てしまったという男の友情である。あれからすでに十年経つが、男の友情は固く、今でも「口をつぐんだまま」である。

ピザの注文から始まった、くだらない世間話が終わった。さて、出発となった。

いつも行き当たりばったりでのんびり過ごしている近松が自転車に乗るとまるで別人である。気の弱い人が自動車に乗ると、急に豹変して横暴な言動や態度で運転するのとよく似ている。

人間は日常よりも速く走ったり行動したりすると、アドレナリンが全身にみなぎってきて興奮する。獲物を捕まえたり野獣に追いかけられた原始のころの遺伝子が蘇ってくるのだと思うが、人間の本能だからコントロールするのは難しいものである。こんな二人の自転車旅行はまだ始まったばかりなのだが、まずまず順調なスタートと言える。

喫茶店を出た二人は、店の女将に教わった岡部の旅籠、柏屋（有形無形文化財）に向かって走り出した。町のはずれに岡部宿公園があり、それに隣接して大旅籠柏屋が建っている。確かに大旅籠である。

近松がその中を覗き込み、久平に言った。「大したことない、どこも一緒だ」。入場券を買おうとチャリ銭を用意していた久平は、では外で写真だけ撮って行くことにしようと、旅籠の受付の人に「すみません、写真撮っていただけませんか」と少し申し訳なさそうに頼むしかなかった。

岡部から丸子宿までは相当の坂である。二人は一言も話すことなく、黙々とペダルを踏む。広重の絵に出てくるとろろ汁で有名な丁子屋が突然、見えてきた。

近松が、がぜん元気になって「おーい、とろろ屋、寄るぞ」と大きな声をあげた。掛川から約四十キロ、十一時であるが、早めの昼飯となる。

店に入るといかにも江戸時代風である。仲居さんが奥の部屋にどうぞと案内する。部屋の壁には安藤広重の東海道五十三次の版画が掲げられている。

昔の旅を懐かしみながら、とろろ汁を食べる。

すると、隣に座った七十歳ほどのご婦人が我々の派手な服装を見て「あんたたち、どこから来なさったかね」と声を掛けてきた。久平が「愛知県の三河、徳川家康の岡崎の近くからです」と答えると「その格好は自転車かね。どこまで行くんだね」ときた。

久平は「東海道をぶらぶら旅ですわ」とにこにこして答えるが、本音はぶらぶらどころか近松に追い上げられての急ぎ旅である。ご婦人が「この先、安部川の橋のたもとに有名な安倍川餅があるから、旅の思い出に食べて行かれるとよいがね」と教えてくれた。

おしゃべりの好きそうなご婦人で「岡崎の近くにあんまきの有名な所あったよね」と言い、久平が「ええ、そのあんまきの有名な池鯉鮒宿（今では知立）から来ました」と答えた。

楽しく旅の話をしながら、名物のとろろ汁に舌鼓を打った。食事を終え、丁子屋さんを出る。

あっと言う間に安倍川に差し掛かった。橋を渡ると話に出た安倍川餅の幟旗が目に入る。橋のたもとで記念写真を撮り店に入ると、近松は「箱入りを買って三時に食べよう」と言う。久平の「店でお茶をいただきながら食べよう」というのと話は食い違うのだが、結局、押し切られて箱入りの安倍川餅を久平が買い、店を出た。

「次は清水の次郎長の墓がある江尻だ。次郎長の墓参りに行くぞ」と話しかけた。近松は「墓参りなんかどうでもいいが、次郎長の住んでいた家はないのか」と言い出した。

次郎長とその子分二十八人衆が眠る梅蔭寺に到着。「えっ、お寺で入場料取るの」。またもや近松の入場券を久平が買い、嫌がる近松を引っ張りながら次郎長の墓にお参りする。受付で「次郎長の家は残っていますか」と聞くと、「すぐそこにありますよ。自転車なら二、三分でしょう」と案内される。近松はがぜん張り切りだし「早く行こうぜ」とせかす。

生家は売店になっており、入口には長椅子が置かれ、旅人が休憩できるようにしてある。近松が店に入り、三度笠に合羽を借りて着込み、店先に出てきた。そして久平に言った。

「さっき買った安倍川餅を食べよまい。お前も三度笠、かぶってこいよ」

「どうだ、江戸時代にタイムスリップしたみたいだろ」

なんと都合のよいやつだと久平は思った。売店で買ったペットボトルのお茶を飲みながら、一緒に並んで安倍川餅を食べることになった。

サイクリング用の派手な服に三度笠、縦じまの合羽を来た二人が縁台で安倍川餅を食べている。そんな姿は滑稽なものである。久平はこの近松のひょうきんな行動に、子供の頃のように心が解放されてゆく爽やかさを覚えた。

安部川餅を食べ終わったころ、曇っていた空から雨がぽつぽつと降り出した。リュックの中から百均のポンチョを取り出して、頭からかぶり走り出した。ポンチョの先が足にまとわりつき、挙句にむき出しの変速ギアにぴしぴしと引っかかるではないか。ポンチョの先はぴろぴろで、靴は雨にぬれて最早ぐしゃぐしゃである。

ひどいことになった。横殴りの雨の中、一言の会話もない。ただ黙々とペダルを漕ぐだけである。

興津宿の興津坐漁荘の前に来た。まったく寄る気のない近松のせいで、横目に見ながら通り過ぎ、由井宿の広重美術館に到着した。雨は嘘のようにやみ、空は快晴。富士山の姿が絵のように正面に現れた。

朝、掛川を出てからおよそ七十キロほど来た。雨にぬれた足がだるい。尻が痛い。ポンチョの中は蒸し暑く、額の汗が目に入って目がかゆい。

昨日、出発してから百八十キロほど来たことになる。今午後三時半を少し回ったところである。

近松は昔から絵を趣味としている。久平が、おもしろ宿場館の前の弥次喜多のモニュメント前で写真を撮っている間に、近松は久平のことに構わずさっさと美術館の方に向かい、今回は自分の入場券を買って振り向くこともなく入館してしまった。

久平の足は雨でふやけており、靴を脱ぐと足跡が床につく状態である。そこでリュックの中から新しい靴下を出して履き替え、慌てて広重美術館に入った。

近松が見学している間に、久平は広重の額に入った版画を四枚購入し、宅急便で自宅に送った。おもしろ宿場館の二階のレストランと展望台に上がった二人は、駿河湾上に大きな虹が掛るのを見て、太平洋の雄大さに感心しながら、名物の桜エビのから揚げ定食を三時のおやつとして食べ始めた。

町の通りには春と秋に桜エビが天日干しされて、街道に風情が漂うとのことだ。しかし、今は秋漁の手前で、残念ながら天日干しの桜エビには会えなかった。

由井の出発が四時半になった。蒲原宿の旧五十嵐歯科医、八坂神社を横目に、ペダルを止めることなく、吉原宿に到着。吉原本陣の旅籠で次郎長や鉄舟の定宿で有名な鯛屋與三郎に泊まることにした。これまた一階が食堂で二階が宿屋である。

まだ晩飯までには時間があるので、自転車で田子の浦の散策に出かけることとなった。突然、近松が「腹が痛い」と言い出した。

きっと先ほど由井で食べた桜エビの食べ過ぎである。久平は胃がないので四分の一ほどしか食べなかったのだが、その残りを近松が「うまい、うまい、残すのはもったいない」と言いながら、久平の分まで食べてしまった。

山盛りの桜エビのかき揚げをほとんど二人前食べ、休みもしないで自転車を漕ぎ続けたのだから、腹が痛くなるのはむしろ当然と言える。「腹も身の内」という言葉を近松は知らないのだろうか。

松並木が海岸沿いを覆い尽くしている。人気がまったくない松林の陰で用をたすこととなった。「ああ、すっきりした。松の肥料になったな」とすがすがしい顔で二人は笑い合った。

日本橋まで残すところ一三五キロである。近松が「明日は早立ち、一気に東京に入るぞ」と言い出した。黙々と飯を食い、風呂に入って雨でぬれた衣服を風呂場でついでに洗濯し、部屋一杯に干してその洗濯物の下で寝ることになった。

三、巨木に抱きつく近松の奇癖

二人は朝六時に起き、七時に出発した。朝一番、松林が続く海岸で記念写真を撮る。富士山に松林は美しく映り、日本を代表する景色である。

原宿には「駿河には過ぎたるものが二つある。富士のお山と原の白隠」とまで言われた白隠禅師のお墓が松蔭寺にある。久平はぜひ寄ってみたいのだが、無宗教の近松は人の墓など見ても仕方がないと素道りである。

沼津に行く道中は海岸の千本松原を走る。さすがに東海道屈指の景勝地である。風を切りながら軽快に走ると若山牧水記念館があった。しかし、またもや近松は「そんな記念館、見ても仕方がない」と素っ気ない。とにかく入場券のいる所は好きではないのだ。

やがて三島宿に到着。広重の絵に出てくる三嶋大社に何が何でも立ち寄ることにした。

源頼朝が源氏の再興を祈願した神社と聞いているが、入口には大きな金木犀があり、旅人を見守っている。

近松がその金木犀を見るが早いか、柵を乗り越えて金木犀に抱きついた。とても幸せそうな顔をしている。久平はあんなこと、恥ずかしくてとてもできない、と思いつつ本殿にお参りする。

近松はお参りすることなく、名物の福太郎餅を売る売店の方に行き、久平の来るのを待っている。彼の目的は明白である。二人で縁台に座って、久平が買った福太郎餅を食べることとなった。

久平は近松が巨木を見るたびに手を添えたり、寄りかかったり、時には抱きついたりするのをしばしば見てきた。今まではただ巨木が好きなだけの変人爺ぐらいにしか思っていなかったが、今回の金木犀への抱きつき方は尋常ではない。そこで餅をほお張りながら久平が聞いた。

「お前、何で巨木を見ると抱きつくんだ」

「おれが抱きついているんではない。巨木がおれを抱きかかえてくれているんだ」

二人の会話はここで途切れた。

ここからが箱根に向かう登りである。箱根の登り坂を自転車で登るのはこれまた大変である。久平が「ああ、足がつった」と自転車を止めたが、降りることもできない。自転車のサドルをまたいだまま立っている。

前を走っていた近松はそれに気づかないでどんどん離れていく。久平はまったく動けないままリュックより、栄養ドリンクとこむら返りのドリンクを出して飲みだした。薬を飲んでから五分ほどしてやっとの思いで自転車から足をはずすことができたが、まだふくらはぎがぴくぴくして石のようにカンカンである。

近松の姿は最早全然見えない。近松は携帯電話を持っていないので、連絡も取れない。実に不便な男である。

仕方なしに久平は自転車を引きながら登ることになった。一時間ほど登ると、近松が不満顔で戻ってきた。

「おーい、どうなったんだ。お前、ちょっとも来ないから戻ってきたが」

久平は内心「心配したらどうだ」と怒っているのに、近松は何食わぬ顔である。二時間かけて、やっとの思いで箱根の関所に到着できた。

久平は「ここで昼飯を食うぞ」と語気を強めて言った。十一時少し前であるが、昼飯と休憩である。近松は「これからは下り一方だから楽チンだ」と一応、慰めの言葉を言った。

久平は関所の中の食堂に入ろうと言うのだが、そこへは入場料がいる。近松は街道沿いに食堂はいくらでもあるので、そこにしようと言う。久平が喫茶店にしようと言うが、近松は大衆食堂がよいと言う。結局、久平のおごりでお洒落なレストランとなった。

箱根から日本橋まであと百キロ弱、時速二十キロなら五時間で到着できる計算だ。「ゴールが見えた」と近松が言う。「なんと単純な男だ」と久平は思った。

そして、さらに近松が言った。「箱根マラソンで走ってくることもできる距離や。しかも下りや。自転車ならチョロコイ」と、何度も下りを強調する。

箱根の峠道は巨木に囲まれている。近松にとってはそれだけで気分爽快、テンションが高くなるのも理解できる。

久平はテンションの高い近松の単純さにあきれながら、あえて反論はしなかった。先ほど足がつったことが心配で、またつるのではないかと心配している。

出発してすでに三日、知らない道をほとんど休むことなく走ってきた。ふくらはぎが先ほどからぴくぴくしている。そんなことをよそ目に、近松が走り出した。「くそっ、なんて足の丈夫なやつだ」と久平は腹が立ち始めていた。

目指すは九番の小田原宿である。小田原城の門前にある二宮尊徳博物館に自転車を止めた。当然、近松は入る訳がない。

報徳二宮神社に立ち寄り、旅行の安全祈願をしている間に、近松は御神木に人目もはばからずに抱きついている。サイクリング姿で初老爺が蝉のように抱きついている後ろ姿は見られたもんではないと久平は思いつつ、おれは知り合いではない振りをして横を向くのがやっとだった。

さすがに小田原城を素通りするわけにはいかない。城内に入ったら、貸衣裳で変装して写真撮影。久平が殿様、近松が家来になって小田原城をバックに記念写真を撮る。銭を出す方が偉いに決まっていた。

八番、大磯宿。大磯郷土資料館の前を通り抜け、平塚宿に入る。

なんでどこも寄らず、こんなにむきになって走るのだ。久平は腹立たしい思いで、黙ってただ走る近松の後ろを着いていくしかない。

先ほどは左足がつったが、今度は右足と両太股がカチカチになってきた。近松の後ろ足を久平は常に見ながら走っている。リズムを取るために回転数を合わせ、ギア調整をしながらである。

やつの足は七十歳にもなろうというのに黒光りして、足首まできゅっと締まり、ふくらはぎが盛り上がっている。太ももは明らかに久平よりも一回りは太い見事な足である。足だけ見れば二十代の競輪の選手のようである。

久平は以前に泊まったことがある大磯プリンスホテルを目の前に見て、「チカちゃん、あのプリンスホテル素敵だよ。泊まっていかないか」と声をかけた。が、近松は返事をすることもない。久平は声を掛けただけバカだったと思った。

箱根を出てすでに四十キロは来ているはずだ。間もなく三時になる。平塚に入ったところで久平が「チカちゃん、休憩、休憩。足がつりそうだ、休憩」と訴えた。

「えっ、また足がつりそうなの。ぼくはまだ大丈夫だけど、仕方がない、休むか。お前、フルマラソンやってる割には大したことないな。おれみたいに毎日、自転車乗ってないからだよ」

こいつバカかと思った。間もなく七十歳になろうとしているのに、おかしいではないか。それに自転車で使う筋肉とマラソンで使う筋肉は違うのだ。

久平は口には出さなかったが、そう思うのだった。

久平はコンビニでミネラルウオーターとカフェオレに肉マンを買ってきて、入口の車止めに腰を下ろした。そして、靴と靴下を脱ぎ、ミネラルウォーターのふたを開けて一気に足にかけた。冷たい水が足のほてりを冷やしてくれた。

「ああ、気持ちいい」。これを見ていた近松が「あー、もったいない」とあきれた顔をした。

久平が「平塚から日本橋まではあと六十キロだな」と言うと、近松が「名古屋と豊橋ぐらいだ。夜までには着きそうだ」とさばさばした顔でいる。久平は今の足の状況から「まだ六十キロもあるのか」と落ち込む。

近松に励まされて久平も動き出した。信号が赤になると「ああ、嬉しい」、間もなく信号に近付くと「赤になってくれ」と願いながらとなった。

そんなことをしながら、藤沢宿へ来ると「ぎゃー、また登りか」。広重の絵になっている白旗神社が見えてきた。遊行寺の大銀杏が見守ってくれている。坂でギアを落とし、身体を丸めて、ひたすら走る。

戸塚駅近くの戸塚宿の橋を一気に通り抜けた。いよいよ武蔵の国に入った。喜びがふつふつと湧いてくるのを覚える。

人間ゴールが近付くと、元気が出てくるものだ。マラソンと一緒だと思いながら保土ヶ谷宿に入る。最早、田舎者にはどこにいるのかまったく分からない。道路標識とスマホのグーグルアースだけが頼りである。

排気ガスと闘いながら、神奈川宿にたどり着いた。周りはビルばかりで、どこに東海道があるのかわからない。

川崎大社に到着した。門前に蕎麦屋があるではないか。「久ちゃん、腹ごしらえに蕎麦食べて行こう」。近松はどうも食いものには弱いようだと久平は感じた。

近松は昨日の腹痛を思い出し、「少しだけだぞ」と念を押した。が、どんぶりの中は一滴の汁も残らず、きれいに飲み干した。

いよいよ品川である。品川宿おばちゃんち、六郷神社に青物横丁商店街を通り抜ける。

「泉岳寺？　あの忠臣蔵の泉岳寺か。これは絶対に立ち寄らなくては」

自転車を門前に止め、中を覗くと誰もいない。

「チカちゃん、空いているから、お参りして行こう」

線香を買い求めて、四十七士に一人ずつ手向ける。近松はやはりお参りしない。手もちぶさたそうに、赤穂浪士の名前を一人ずつ確認するだけである。

久平は「なんて信仰心のないやつだ」と、それを冷ややかに見た。久平は記念に、大石が打ち鳴らした太鼓のミニを買って、自転車に縛り付けた。

ついに増上寺に到着。当然、東京まで無事に来れたお礼を兼ね、お参りするがそれは久平だけ。近松は東京タワーを真近に見て大興奮、階段を駆け上がっていってしまった。そして、東京タワーめがけて走り出し、タワーの真下から上を見上げてものも言わない。巨木を見る目と同じだ。今時、東京タワーを見てこれほど感激する爺も珍しいと久平は思った。結局、近松は門前で「でかいお寺だなあ」と呟いただけで、お参りすることはなかった。どこまで行ってもご利益のないやつである。

銀座の繁華街を場違いな格好のロードバイクで駆け抜け、高速道路の下をくぐって、ついにコンクリートの日本橋に立った。たもとにある全国国道の起点プレートに手を触れて、近松が「やったーっ！　これで東海道の東は制覇したぞ」と叫んだ。薄汚れた顔を満面にほころばせ、万歳をしている記念写真を撮り、しばし三百二十キロを走り抜き、高揚する気分を満喫し合うのだった。

すでに十八時で周りは薄暗い。久平が「チカちゃん、どこかに泊まる所を探そう」と冷静になって言うと、近松も夢から覚めたように現実に戻り「スマホでカプセルホテル探して。それでいいよ」と言う。

久平はさすがにむっとして「そんなのやだ。せっかく東京まではるばる来たのに、東京駅近くのホテルにしよう」と言えば、近松は「そんなの、もったいない。寝てしまえばカプセルもホテルも一緒だ」と言い返してきた。

久平は中を取って「仕方がない、ビジネスホテルの安いのにするから我慢してくれ」となった。

狭い部屋で足を延ばすこともできない小さな風呂桶が付いている。ビジネスホテルの十階に入り、到着記念に、豪勢にお祝い。ノンアルコールビールとお茶で、刺身の盛り合わせ、ねぎま、奴豆腐、柳川なべにお茶付けと大衆食堂での晩飯となった。たがいに鍋をつつきながら、旅の思い出話で東京の夜は更けていった。

四、破れかぶれ、帰りは中山道だ

朝、早めに目覚めた二人は東京駅の見学を兼ね、朝食をしようと出かけた。駅近くの喫茶店でのモーニングである。

いまだに興奮冷めやらぬ近松が「久ちゃん、このまま中山道を通って帰ろう」と言い出した。疲れ果てた久平はレンタカーを借りて自転車を積んで帰るつもりだったが、「もうどうにでもなれ。よし、中山道で京都に行くぞ」と決断した。内心は破れかぶれである。

「江戸時代の弥次喜多も、江戸から京都に行き、帰りは中山道や。おれたちは逆打ちや」早くも近松はやる気満々である。せっかく東京に来たのだから、市内を自転車で回ってみようということになり、まずは皇居に出かけた。一周五キロほどを回りながら久平は靖国神社にお参りし、近松は巨木に抱きついて満足したところで、「おれは神社はいいから、新宿に行きたい」と言い出した。「方向が違うからだめだな」と久平が言うと「じゃあ上野公園ならどうだ」と言う。

上野なら中山道の途中である。久平は「では不忍池まで行くことにしよう」と言い、二人は走り出した。西郷さんの横で写真を撮り、不忍池に到着。池を一回りして上野動物園の前に出た。

近松が「確かこの公園には美術館があったよな。見ていきたい」と言い出した。近松は寺や神社にはお参りしないのに、美術館には行きたいとの思いが強い。

久平は近松が東京の地理に不案内なことに目を付け「チカちゃん、それは神宮外苑で方向が違うんじゃないの」ととぼけた。

「そうだったかなあ、確か上野公園だと思ったのだが。それでは仕方がない。それなら
おれは一度、東京大学の赤門とやらをくぐってみたいのだが、寄っていけるか」
「赤門ならこの近くだから寄れるよ」
内心、小さなウソにドキドキしていたが、ばれずに済んだことをほくそ笑んだ。
「久ちゃんは何で東京の地理も知っているんだ」
「仕事柄、東京には何回も来たことがあるし、学生時代の友達がいて、ちょくちょく来
ていたんだ」
久平は昔、国際反戦デーで上野駅で降りたとき、警察の検問に引っかかって護送車の中
で、しつこく身元確認をされ、それが原因で国家権力には本能的に反抗するようになった
自分を思い出していた。近松はすでに中山道に入っていることを知らない。
久平は近松を赤門に連れて行き、「これでお前も東大に入学だ」。加賀百万石の殿様になっ
たつもりの二人は門の下で声をあげて笑い合った。
近松が「中山道に出発するぞ、道はどっちだかわかるか」と久平に尋ねる。久平は「こ
のまま、この前の道を行けば板橋に着けるから、ぼちぼち出発しよう」と自転車にまたい
だ。

東海道と比べまだ古い風情が残る種屋街道に出た。立派な木造店舗の東京種苗店を通り過ぎ、コンクリートの橋の板橋、商店街になっている板橋宿に到着である。

近松のそそくささに合わせて蕨宿に向かう。満寿屋は江戸時代の天保期に開業とかで、ここで手焼きせんべいとお茶をいただく。立派な子育て地蔵さんがあるが、近松は見向きもしないで通り抜けた。

いつの間にやら埼玉県に入っている。最早、県境がわからないほどであるが、日本橋から二十五キロ近くは来ているはず。富士山がきれいに見えている。

調神社に出た。入口に狛犬の代わりに兎が建っている。「調」と書いて「月」と読むのだそうだ。それで守り神が兎なのか、と感心していると、珍しく近松が手洗い場から「おい、兎の口から水が出ているぞ」と変な関心を示した。しかし、近松がお参りすることはなかった。浦和宿を無事、通り抜け大宮へ向かう。

大宮宿は氷川神社の門前にあった。元々、中山道は氷川神社の中を通り抜けていたようだが、神社の中を街道が通るのでは恐れ多いとのことで、道を西寄りに付け替えたそうである。

東京から町並みが切れ目なく続き、どこが宿場なのかまったくわからない中、中山道を外れないようにと慎重に道を聞きながら自転車を進める。

江戸から五番目の宿場、埼玉県上尾市、上尾宿に到着した。さすがにもうへとへとである。近松も、ものも言わない。

「チカちゃん、今日はここで終わりにしよう」

近松は首を振るだけで返事もしない。東京から皇居や上野に寄って排気ガスの中、街道は信号ばかりで、走った距離に比べれば相当に体力を消耗している。

久平はどこかに泊まるところはと考える。駅前には立派なホテルがあるが、きっと近松はうんと言わないだろう。

「チカちゃん、取りあえず喫茶店に入って、泊まる所を探そう。できるだけ古そうな個人の喫茶店がよいな。若い女の子のいるチェーン店ではだめだ」

いつもなら喫茶店は嫌だと言う近松が、だんまりのままである。

古びた喫茶店に入った。店の中は年寄り客が二組、五名いるだけで、七十歳前後のママさんが一人でやっている。常連客以外に客が来るのが珍しいらしく、二人が店に入ると全員がこちらを向いた。

近松と久平は入口近くの漫画本が並んでいる隣の席に着いた。久平はホットコーヒー、てきた。

近松は温かい牛乳。ママが少し腰が悪いのか、足を引きずりながらコーヒーと牛乳を持ってきた。

近松が「この近くに宿屋かビジネスホテルはないですか」と尋ねると、ママが答える前に、常連と思われる年配客の中から、「あんたたち、どこから来たのだね」と聞かれた。久平が「愛知県のトヨタ自動車の近くから東京回りで来た」と答える。客は「へえ、それは大変だね」と言い「この近くのビジネスホテルはそこの信号の角を回って、三百メートルほど行った所に一軒ある。行けばすぐにわかるよ」と教えてくれた。

久平が「ところで、この土地の名物は何かありますか」と聞くと、ママが「中山道を行かれるなら、伊勢屋さんの羊羹と最中を食べていかれたら、旅の思い出になるよ」と教えてくれた。久平と近松はホテルの場所を確認しながら、伊勢屋に向かった。

創業なんと百八十年、五代目が引き継ぐ和菓子の老舗である。久平は羊羹と最中を二個ずつ購入し、待合に腰をかけお茶をいただいた。昔の旅人もこのようにして旅の疲れをいやしたのだろうと感傷的になる。

ビジネスホテルの玄関に着いた近松が「おれのスニーカーの前のところのゴムが剥がれてきた」と言って左側の靴を見せた。確かに靴の先端が五センチほど剥がれて口を開けている。

久平が「そりゃ、だめだな。靴を買いに行こう」と言うと、近松は「もったいない。先月、この旅行のためにホームセンターで千五百円も出して買ったばかりだ。捨てるのは靴に失礼だし忍びがたい。何とか直らないかな」と言いながらホテルのフロントに行き、「ゴム糊、ないですか」と申し出た。

フロント係の若い女性は少し困り顔で「申し訳ありません。自転車のパンク修理道具はありますが、靴の修理道具はご用意していません」と言った。久平が今時スニーカーの修理はないよなと思っていると、近松は「それそれ、自転車のパンク修理用のゴムノリで直るから貸してくれ」と言い出した。

久平はそれはそうだ、自転車のタイヤも靴も同じゴムでできている、と感心。近松は器用に靴を直してしまった。

久平は思った。おれたち日本人はいつの間にやら便利さと使い捨て文化に慣れてしまい、物を大切にする心も、工夫して生かすすべも忘れかけていると。近松の根性を見直した。

五、近松、高崎だるまに大興奮

翌朝、六時に目を覚ました。ビジネスホテルの六階の窓から外を見ると、今日も天気は最高だ。朝食を食べて、いつものようにペットボトルに熱いお茶を入れ、出発である。六番桶川宿に到着、桶川民俗資料館に立ち寄る。近松が「日本はなんでこんなに資料館がたくさんあるのだろう。各宿場に必ず資料館がある。ばかげたことだ。税金の無駄だね」とぶつぶつ言っている。

そう言われてみれば、宿場ごとに資料館があり、ほとんど同じようなものが展示されている。日本とは本当に馬鹿丁寧な国である。

桶川資料館の方に「この宿場で見ておきたいものは」と聞くと、何と立派なガイドブックが出てきた。「時間がないので（本当はまったく予定のない行き当たりばったりの旅なのに、久平の性格から）ここだけは見ておいた方がいいという所はどこですか」と念を押す。受付の女性が「では、力石というのがありますから、それに挑戦していかれたらどうでしょうか」とのことだった。

久平と近松は稲荷神社にある力石に挑戦。大きい石は見るからに無理、押してもびくともしない。小さい方はと思い近松が「うぎゃー」との声とともに抱きかかえると、少しだけ動いた。

激しい向かい風になった。トラックの横風を受けると倒れそうである。その中を七番目の鴻巣宿を通り抜け、熊谷に入る。

四車線の立派な道路に、歩道付き。中山道の面影はない。自販機で栄養ドリンクを買って、ほとんど休憩なし。近松は無口のままである。久平はこいつは何が面白くて生きているのだろう、と背中を見ながら思うのである。

熊谷から深谷宿に入ると、ＪＲ深谷駅の立派な駅舎が目に飛び込んできた。総レンガ作りである。近松が「あれホテル、駅だよ」。駅には町めぐりガイドが置いてあった。近松がそれを見て「へえ、この深谷で造られたレンガで昔、東京駅を造ったんだって」と感心している。それを記念して深谷駅もレンガ造りにしたそうだ。

それにこの町、やけに煙突が目立つ。古そうな造り酒屋が軒を並べている。なかなか風情のある街である。

駅のすぐ近くにこれまたお洒落な洋菓子屋が見えてきた。すでに朝、出発してから三十キロ以上走っている。久平はもうコーヒーが飲みたくて我慢できない。

「チカちゃん、ここでケーキを食いながらコーヒー飲む」と言うが早いか、自転車を降りて店に入った。近松はすでに店の前を通り過ぎていたが、戻ってきた。内心、こんなところで止まりゃがって、と言っているのが聞こえてくるようである。

中に入るとこれまた素敵、なんでこんなところに？　レストランならわかるが、ケーキ屋かと思っていると、案内板に「旧本庄商業銀行」と書かれている。「へえ、元銀行の建物をケーキ屋にしたのか」と納得できた。

久平はモンブランとホットコーヒー、近松は仕方なしに平凡なイチゴケーキを注文することになった。近松は先ほど自販機で買ったスポーツドリンクで、イチゴケーキを食べ始めた。店の女の子も横目で見て、見ぬふりをしているのがわかる。きっと変なジジイと思っているに違いない。

埼玉県最後の宿場、新町宿。何もない。そして、群馬県に入って倉賀野宿。向かい風の中を漕ぎ続けてきたせいか「腹がへった」と久平が言うが、近松は「さっきケーキ食べたじゃないか」と相手にしない。ケーキなんかで腹が膨れるわけがない、と久平は不満そう。

「やったあ、チカちゃん。高崎だるまに着いたぞ」

「めしめし、あそこのラーメン屋に入るぞ」

久平がラーメン屋の駐車場に自転車を入れ、倒れないように壁にもたせ掛けて止める。

久平は胃袋を全摘して以来、ラーメンが食道と小腸の繋ぎ目につかえて食べられないが、元々は根っからのラーメン好き。店に入るとラーメンに餃子、中華飯とチャーハンを注文、近松に「これでいいな」とさっささと決めてしまった。

久平は小分けのどんぶりに少しラーメンを入れ、小皿に餃子を三切れ、もう一つの小皿に中華飯の具を多い目に少しだけ取った。そして、お茶碗に御仏供さん程度のチャーハンを入れて、残りをすべて近松に渡した。

「久ちゃん、それだけでよいの、悪いなあ」と言いながら、近松は嬉しそうに食べ始めた。久平は久しぶりに中華にありつけた。

「おれは中華が大好きなんだけど、一人では食べ切れないし、いろいろ注文できないから、誰かがいないと店に入りずらいんだ。今日はお前がいてありがたいよ」

種類が多くて満足げである。めしを食いながら久平が「この高崎は日本で一番のだるまの生産地や。ぜひ工場を見て行こう」と言った。近松は「だるまなんかにおれは興味がないが、何かの勉強になるかもしれないから、仕方ない、付き合うか」と不満そうな顔をしている。

久平は内心、仕方なし付き合うもないもんだ、しょうもないやつだ、と思った。大学受験のときも子供の進学のときも、人生の折々には必ずだるまを買ってきて願掛けしたものだ。こいつはきっとだるまなんて無縁の人生を歩いてきたのだと思うのである。

大きなだるまのモニュメントに誘われて、だるま屋を訪ねると、店の床いっぱいに大小のだるまが並んでいる。今まで、しょうもないと言っていた近松がこれを見て「だるまや、だるまや。これはすごい」と工場の中をうろうろと歩き出した。何に感激したのだかわからないが、相当興奮している。

お店の人を捕まえて何やら興奮気味に話をしている。どうもどうやって作るのかと聞いているみたいで、無地のだるまを売ってもらえないか、と交渉しているようだ。久平が近松に聞いた。

「チカちゃん、無地のだるまを買って行ってどうするの」

「おれも家に帰ったら、だるまを作ってみようと思うんだ。顔の表情もおれなりに研究する」

「こいつ一体、何を考えているんだ。自転車旅行だぞ。どうやって持って行くつもりなんだ」

久平はこう思ったが口には出さなかった。自分は記念にスイカ大ほどのだるまを購入、近松が購入した無地のだるまと一緒に宅急便で自宅に送てもらうように交渉した。

君が代橋というほほえましい名前の橋を渡り、高崎を後にする。やれやれ、近松の気まぐれに振り回されて、一時間以上の寄り道になってしまった。

板鼻宿を通り抜け、安中宿である。東京から向かい風の中を百二十キロ近くは来ている。群馬県安中市に、テレビドラマでやっていた同志社大学を創設した新島襄の生家がある。

「チカちゃん、寄っていくぞ」

「そんなの見ても仕方がない。ただの古い家だろ」

いつもの素っ気ない返事だ。確かにその通りだろうが、身も蓋もないやつだ。今日はここで泊まる。

近松はお寺や神社には興味がない、入場料がいる資料館には入らない、歴史的文化財にも価値を見出さない。久平はなんでこいつと東海道と中山道をやる気になったのだろうと、われながら不思議に思うのであった。

六、心臓破り碓氷峠、絶景浅間山

朝、ひなびたホテルの朝食を、出張で来ている作業服姿の若者と並んで食べ、近松に教わった通り、昨日買ったペットボトルに熱いお茶を詰める。久平は湯沸かしから出るお茶が熱く、持っているペットボトルを落としそうになる。「あちちちっ、チカちゃん、火傷しそうだよ」とぼやきながらお茶を注いだ。

ホテルの主人に見送られて、松井田宿に向かって出発。近松が見つけ「峠の釜めしがあるぞ」と大きな声を上げる。食い物には目ざとい。

昔、汽車の旅で食べたことがある。うまかった覚えが脳裏に残っている。陶器の入れ物を大事に家まで持ち帰り、しばらく植木鉢に使っていた。

売店に立ち寄ると釜めしがウインドウに積み上げられている。近松が「釜めし二つ」と注文した。「チカちゃん、まだ昼飯には早いよ」。近松は「お昼用だ」と一言。

二人はリュックからビニール袋を出し、釜めしを入れて、ハンドルにぶら下げた。ペダルを漕ぐたびに、ぶら下げた釜めしがこつこつと膝に当たった。

軽井沢の上り坂の入口に坂本宿がある。箱根の坂もすごかったが、これから軽井沢までが中山道の中でも難所と言われる碓氷峠である。鉄道の廃墟となったレンガ造りのトンネルや陸橋を見ながら、ひたすらペダルを踏んだ。

久平が突然「あーあっ、チェーンが外れた」と叫んだ。ギアの切り替えで、チェーンがギアから外れてしまった。

久平は上り坂の途中でチェーンをはめ始めたが「だめだ、リアディラーワイヤーが緩んでいる」「厄介だな」と言いながら、二人は修理し始めた。

三十分ほどでなんとか調整できて走り出すが、この休んでいる間に太股に乳酸が溜まって、ものすごく足が重い。またしても久平が「ああ、だめだ。足がつった」と言い出した。持ってきた足がつったときの薬はもうすでに使い果たしてしまっている。スポーツドリンクがあれば効くのだが、持っている飲み物は出発時のホテルで入れてきた冷えたお茶だけである。久平はポケットの中から塩飴を取り出し、その冷えたお茶でまたもや休憩である。

国道を軽快に走る自動車に追い抜かれる。これは仕方がないが、山ガールならぬサイクル女子にスイスイ追いこされていくのは、男のプライドがまだ幾ばくか残っている久平には情けなく、そして悲しい。

自転車を押しながら、ほうほうの体で軽井沢に到着した。この坂は初老のライダーには効いた。腰が痛い、足がだるい。そしてサイクル女子に「頑張って」と掛けられた明るい声に、気持ちはさらにめげた。

シーズンオフの軽井沢は静かなものである。歩いている人もいない。店も大部分が閉まっている。保養地軽井沢の発祥の地アレキサンダー・クロフト・ショーの銅像を見ながら、持ってきた釜めしを黙ってつつく。

コンビニで買った栄養ドリンクを飲み終えて出発。近松が遅れた分を取り返すと言って、スピードを上げた。街道のカラマツの中を軽快に走る。近松は巨木街道を通るときは必ず軽快になる。

やがて沓掛宿を通過。覆いかぶさるように迫る浅間山から爽やかな秋風を受け、追分宿を一気に通り抜けた。

二十一番目の宿場、小田井宿に到着。浅間山から吹き下ろす風が汗をかいた背中に冷たく染み渡ってくる。「おでん」と書かれたコンビニの幟旗が秋風にはためき、一段と冬への変わり目を伝えている。

二十二番佐久市の岩村田宿。「日本一小さい酒蔵」の旗がはためく。戸塚酒造。久平が聞いたことがある酒屋だ。

「そうだ、チカちゃん。田尻町で不動産屋やっている野口って知ってるだろう」

「ああ、知ってるよ。町中に似顔絵の看板が出ている野口だろ」

「あいつは今では仕事を息子に譲って、日本を飲み干す、といつも豪語してるんだ。そして、世界を飲み歩くと力んでいるんだ」

彼が言うには、日本の造り酒屋はずいぶん減ってしまったが、今でもおよそ千五百件ほどあるそうだ。そこで一軒の酒屋が三銘柄出していれば四千五百種類の酒が、五銘柄を出していれば七千五百種類の酒が日本にあることになる。

「おれは毎日酒を飲んでいるから、三百六十五日を十年やれば三千六百五十銘柄飲めることになる。もう少し頑張れば、全国制覇できるかも」

そう豪語している。インターネットと全国酒造名簿を見て、あちこちへ注文している。クロネコが毎日のように運んでくるそうである。

「その野口が日本一小さい酒屋がこの佐久市にあるとこの前言っていた。それがこれだ、この酒屋のことだ」

「おれはクロネコが酒を持ってくるのを見て、わくわくする酒飲みの気持ちはわからない」

「それと、あいつ世界旅行が趣味なんだが、世界の酒は飲み干せないので歩くことにしたそうだ。何をバカなこと言っているのかと思うんだが、世界には現在二百四十カ国ほどあると言っていた。すでに七十カ国以上は行ったとのことだよ」

百二十カ国は制覇したいと言っており、あと五十カ国、毎年五カ国行けば十年で達成する。しかも孫を連れていくのが趣味で、孫から「お爺ちゃん、今度はぼくを連れて行って」とせがまれている。なにせ孫が九人もいるそうで羨ましい限りである。

この前もポルトガルに行くと言って孫を連れて行ったら、ポルトガルの税関で人さらいと間違えられて二時間も取り調べで監禁され、ひどい目にあったと言っていた。今ヨーロッパでは人さらい対策がうるさいそうで、人相の悪い爺が小さな子供を連れていると、入国が難しいようである。

不動産屋をやっていたおかげでどうも地元に顔が広く、六十五歳になったころより区長に神社係、檀家総代に老人会、挙句にこの前の東北大震災からは自主防災会を立ち上げた。毎日、小学生の通学団の見守り隊長もしている。本人は毎日とても充実した日を送っているのだが、奥さんがぼやいていた。

「いい年して毎晩毎晩、日本を飲み干すと酒を飲み、年間酒代がいくら掛かっているのか知っているのですか。休肝日を作ったら。そのうちに身体壊すわよ」

「始めたことを途中でやめたら男がすたる。死ぬまでやる。酒が飲めるのは健康の証拠だ。何が悪い」

「私も怒れたから口を利くのも嫌で、酒の肴も作ってあげなかったわ」

久平は奥さんからこんな愚痴を聞かされたことがある。通学団の見送りが済むと朝寝、昼を食べると昼寝、昼寝が終わると散歩をしながら写真を撮り、五時になると酒を飲む毎日だそうだ。

奥さんは時間が来ると酒の肴を作るのと、昼寝の時間が邪魔で、怒っているみたいなのである。朝の掃除をしたいときにはソファで朝寝、習い事に出かけている時間は家で昼寝、四時には酒の肴を作らなくてはならない。

本人は気付いていないみたいであるが、これが毎日だから嫌になる気持ちはわかる。昨年のことだが奥さんに道で会ったら、ストレスがたまって円形脱毛症になったと嘆いていた。

ほとんど車が来ない道をこんな話をしながら並行して走っている。この旅行で二人はできる限り、中山道の旧道を走るように心掛けている。車も少なく、信号もほとんどない。ただ難点は人も通っていないし、コンビニも少ないこと。人もコンビニも国道沿いにしかない。道を聞いたり、地元の情報を得たりするには大変不便だが、旧道の方が国道よりも遥かに得るものは多い。

眼前に浅間山が迫ってきた。真近で見る山は迫力があった。雄大な光景に圧倒され、均整のとれた富士山とはまた違った男らしさを感じ、言いようのない威圧感に感激した。二人はカメラのシャッターを何度も切った。

街道から少し離れたところに旧中込学校があると、昔ここが出身地だった大学時代の友達から聞いたことがある。

「チカちゃん、中込学校を見学していきたいので、そこのコンビニで道を聞いてくるわ」

久平は自転車を止めた。近松はまたも見学かと思っているみたいで、口も利かない。見ると聞くとは大違いである。長野県は昔から教育立県だけのことはある。ものすごく立派な学校である。

近松が言った。「江戸時代とは関係ない建物だな」。そりゃそうだけど、歴史的文化財なんだから、ありがたく思えばいいのに、と久平は思った。

浅間山を右手に見ながら、田舎道を軽快に走っていると、駒形神社が出てきた。当然、久平は立ち寄って旅の安全祈願をしたいのだが、近松にはまったくその気がない。久平は仕方なく立て看板だけを写真に納めて、心の中で「神様、申し訳ありません」と拝んで通りすぎることとなった。

「塩名田宿」と書かれた石碑が淋しく立っている。「草むしる　塩名田宿の　侘しさや」と久平がつぶやいた。

登り登りと道は続く。八幡宿本陣跡の石碑と八幡神社が目に入る。久平は近松を門前に待たせておいて、八幡神社のお参りを済ませた。やれやれ、神社にお参りするのにも気を遣わなくてはならないとは。本当に信仰心のない近松である。

華麗な社殿を横目に、望月橋を渡って望月宿に入る。安中宿を出てから七十キロ弱であるが、何分、山道の登りである。

久平が「もう、やだ。今日はここで泊まりや」と悲鳴にも似た声を上げた。久平の足はパンパンである。いつつってもおかしくない。

コンビニもない、喫茶店もない、しかも近松は休憩も取らない。久平は近松が中山道で帰ろうと言ったことに同調したのを大変後悔しているが、今更どうしようもない。行くのは地獄、帰るのも地獄である。前に進むしかない運命だった。

今日の泊まりは旅籠井出野屋である。木造三階建て、黒い柱に白の障子紙、江戸時代の風情を残している。

七、山あいの温泉で友達談義

素敵な旅籠に泊まることができたが、女将さんから「突然のお泊まりですから、夕飯の準備がありません。よろしいでしょうか」と聞かれた。久平はそんなこと言われても良いも悪いもない、もう動けないし、動きたくない心境だ。「泊まりだけでも結構ですので、よろしくお願いします」と近松に断りもなく決めてしまった。

玄関先に自転車を止め、晩御飯を食べに出かけるが、「ええっ、コンビニもラーメン屋もなにもない」と久平。近松は「どうするんや。おれは腹が減って死にそうだ」と怒り出す。近松はどうも腹が減ると怒りっぽくなるようだ。

どこかに店がないか、聞こうにも誰もいない。とぼとぼと歩いていると、クロネコ宅急便の車に遭遇した。

「すみません、この近くに飯を食わしてくれる所、知りませんか」と尋ねると「そこの路地を入った所にレストランがあるよ」と教えてくれた。助かった。こんなひなびた田舎に、似ても似つかない、おしゃれなレストランである。

近松と久平はハンバーグ定食を注文、分厚いハンバーグにたっぷりのケチャップソース、その横にニンジンとブロッコリーと多めのポテトチップが付いている。

飲み物は近松は最初に出された水のみ、久平はノンアルコールビール。空腹の二人には最高の御馳走である。大満足のディナーを終えて、江戸時代の情緒ある旅籠に泊まれ、幸せな夜を迎えた。

その夜のこと。久平がパンパンに張れた足を風呂でもみほぐし、バンテリンを塗りつけて床に入った。床に入ってすぐに飛び起き、「ひえー、バンテリンがパンツの中まで入ってきて、股間がスウスウして寝れない」と騒ぎ出した。再度、風呂に駆け込み、洗い流しである。

近松はそんなことにはお構いなく、気持ちよさそうに熟睡している。この近松の寝姿を見て、これでは泥棒が入ってやつの腹の上に座ってたばこを吸っても、気づかないのでは

ないのではないのかと思うほどである。そんな姿を見て「おれの生き方は何か間違っていたのではないのか」と久平は感じた。

ありがたいことに、今日も天気はよい。久平はおれが行く先々で、神社にお参りしているからだ、と思っている。

朝飯を食べ終わり、もう慣れたしぐさでペットボトルにお茶を詰め、芦田宿に向かって出発する。また山道だ。しかも中山道はだんだん細くなる。

角を曲がると、古い酒屋が見えてきた。「チカちゃん、寄っていくか」「おれは酒は飲まないから、寄らなくていい」。またも休憩なしである。

笠取峠の松林二十六番の芦田宿でペットボトルのお茶を口にし、再出発である。古風な街並みと歴史を感じさせる資料館を横目に見ながら、長久保宿から和田宿へ。

通りには人も歩いていないし、車も忘れたころにしか通らない。草ぶき屋根のお洒落なバス停がたたずんでいる。久平は坂道ばかりでくたくたである。

喫茶店もない、コンビニもない。久平は胃袋がないだけに、一日最低五食は食べないとエネルギー切れで動けなくなる。近松はそんなことをよそに、平然としている。

久平は飴をしゃぶりながら、下諏訪に向けて峠を登る。「下諏訪御柱祭の木落とし」の舞台にやっとの思いでたどり着いた。

近松が「ここがあの有名な木落としの舞台か。おれ、上にまで登って降りてみる」と言い出した。久平は内心、これでしばらく休めると思った。「おれはここで待っているから、お前、行って来いよ」と近松を送り出した。

近松は何が嬉しいのか大喜びで崖を登り、大きな声を上げて駆け下りて来た。それを見ていた久平はいい年をして変なやつだと思った。

やがて諏訪大社下社秋宮に到着。聞きしに勝る立派な社殿が静寂の中に厳かにたたずんでいる。久平は早速、社殿の前に進み出て、旅の安全祈願をして、神妙にお参りしている。その傍らで近松が巨木でしめ縄が掛り、御幣が付いている御神木に抱きついている。つい先ほどは「万治の石仏」に抱きついてきたばかりなのに、今度は巨木かよ。久平は信仰の在り方にも色々あることを感じるのだった。

中山道と甲州街道の分岐点がこの下諏訪である。近松が「中央高速道は中山道を走っていたのではないのか、甲州街道の方向だったのか」と案内板を見ながらいやに感心している。かと思ったら突然「木枯し紋次郎は甲州街道だったよな」と独り言を言っている。久平はそんなこと知るか、と口も利かない。

下諏訪は中山道の宿場の中で唯一、温泉が湧き出る珍しい宿場だった。久平が「日帰り温泉に入って行こう」と近松を誘うと、近松が「もったいない。ただの足湯で十分だ」と言い返した。「まったく、もう……」と久平は仕方なしに、足湯で我慢することとなった。足湯に並んで足を入れながら、久平がまたもや同級生との思い出を話し出した。芝山町で奥野建築をやっている友昭は小学年のときに同じクラスだった。

「学年で一番背が高かったやつね、覚えているよ」

近松が答えた。今でも一八五センチもあり、いつも頭ごなしにもの言う。

「背の低いおれたちはやんなっちゃうよ。それに、あいつ酒もべらぼうに強いんだ。どれだけ飲んでも全然酔わないいんだよ」

本人が言うには、剣道は三段であるのを自慢するが、どう見ても運動神経がよさそうではない。久平が言った。

「ゴルフもたまに一緒に行くんだが、とても上手いとは言えないよ。それが偉そうに言うんだ。『ゴルフのグリップの握りは剣道の竹刀の握りと相通じる所がある』と。

それに自転車もうまく乗れない運動音痴だ。剣道ができるなんて、とても信じられないよ。そして、囲碁はアマチュア二段の段持ちだと言うのでおれが対決したら、碁は本物で強いのにはびっくりした。おれの碁の打ち方は『品がない』と言うんだ。そして『碁は打ち方に性格が出る。もっと上品に打たなくちゃ』と言われたときにはガツンときたね。おれはそれ以来、碁は打たないことに決めたんだ」

他にもお茶に骨董が趣味で、家の中は立派な茶碗や壺がびっしりあり、遊びに行くと一通り自慢話に付き合わされることになる。骨董にはまったく興味がないので、久平はいい加減な返事をすることにしている。

それにやつは軽トラの愛用者で、いつもどこにでも軽トラに乗って行く変わり者。ゴルフに行くときはホロを張って道具を積んでいく。玄関に止めたら、ゴルフ場のフロント係が業者と間違え、裏に回ってくれ、と言われたとかで怒っていた。最近は駐車場に車を止めてから、道具を担いでフロントに行くようになった。

結婚式に参列するときも、地元のホテルだからと軽トラで出かける。奥さんが乗っている乗用車があるのに。恥も外聞もなく楽しんでいる爺だ。

ところが、こいつが酒を飲むと物忘れがひどくて、酒を飲んだときは決して約束事はしてはいけない。あまりに背が高いから、頭まで血が届かないのではないかと思う。

この奥野はちょっと右寄りと言うか、皇室に特別の敬意を払っていて、ぜひ一度、天孫降臨の地、九州の高千穂に行ってみたいと言い出した。そこで十名ほどで出かけることになった。

九州新幹線にはまだ乗ったことがないので、名古屋から新幹線で行くことになった。駅の売店でビールにつまみをしこたま買い込んで、福岡に着くまで飲みっ放しである。駅に着いて貸切の観光バスに乗ったものの、バスが動くが早いか、「ガイドさん、酒屋に寄ってくれ」と声をかける。またもやビールに酒、今度は焼酎も積み込んで熊本を目指した。

熊本城に着いたころには、この奥野は立ってもいられないほど酔っ払っていたが、取りあえず熊本城を見学。おもてなし武将隊に迎えられ、くまもんにも会ってご機嫌な酔っぱらいだった。

ところが、それから天孫降臨の霧島神宮に向かう中、ガイドに天孫降臨観光を説明させ、おれはこれを見るためにわざわざ九州まで来たと上機嫌で、さらに酒が進んだ。霧島神宮に到着したときにはバスから降りることもできないほど酩酊してしまって、気の毒に霧島神宮にお参りすることなく、泊まりの旅館に運ばれることとなった。夜の宴会に出ることもできず、霧島温泉に入ることもできず、情けない酔っぱらい爺だった。

それでも翌日は元気を取り戻し、高千穂神社、高千穂峡、天の岩戸の見学となったが、突然「あっ、携帯電話がない」と言い出した。連れがやつの携帯に電話すると「こちら霧島温泉ホテルです。お客様のお電話と思われるのですが、どちらさまのお電話でしょうか」。ああ、酒飲むと物忘れのひどいのが再現してしまった。

奥野の「美しい日本」の饒舌が一気に冷めてバスの中は静かになった。この神仏好きの奥野が今度はみんなで諏訪湖の「御神渡り」を見に行こうと言っているが、そんなことがあったので誰も賛成しない。みんなは諏訪湖の花火大会と温泉の方が「美しい日本」だと言っている。

近松が「美しい日本なんてどうでもいい、おれは腹が減って動けない」と言い出し、話している久平も同じだった。「ここで飯にしよう」と言って、門前の蕎麦屋に入った。信州に来たら蕎麦か馬肉を食べようと思っていた。しかし、久平は馬肉は喉でつかえるかもしれないから、蕎麦にすることにした。

近松はそば定食で、そばにご飯が付いている。久平はこれでは炭水化物ばかりではないか、栄養のバランスが悪いと思い、天ぷらそばを注文した。

久平はこの旅が始まって近松の食事で気になっていることがある。近松は栄養バランスをまったく考えていない。ラーメン屋に入ればラーメンにご飯、うどん屋ではうどんに餅入り鍋焼き、ホテルのバイキングではスパゲティに焼きそばにパン、炭水化物中心である。しかも野菜サラダや果物はほとんど食べない。ただし、定食のセットになっているものはパセリ一枚残さず、気持ちがよいほどきれいに食べる。食い散らかしの久平とはまったく違うことに、おかしなやつだと思いながら、いつも彼の食事風景には変な関心を寄せている。

望月宿を出てから五十キロ近く来た。久平は蕎麦を食いながら、ここの温泉で泊まっていきたいと思ったが、近松がそんなことを許すわけがない。

久平は思った。考えてみれば、今まではほとんど上りばかりだった。ということは、これから塩尻、木曽に向かっては下りばかりになる。上りがあれば必ず下りがある。これは世の中の常識というものだ。

足湯につかり気分がよくなった。久平は近松に向かって「さあ、行くぞ、出発だ」と気合を入れた。

塩尻宿に向かいながら、自転車を漕ぐ。近松が「変な地名だな。何だ、この塩尻って。久ちゃん、変だと思わないか」と聞いてきた。

「昔、おれたちの住んでいる三河の国の吉良から中馬街道を中馬という馬に塩が乗せられて運び込まれ、この地まできた。そして、この場所が最後だから、塩と馬の尻で塩尻となったんではないか」

久平が持論を述べた。これに答えて、近松が言った。

「そうなの、糸魚川の塩が塩街道で松本に運ばれたのは知っている。確か上杉公が敵の武将である武田氏に送った話は聞いたことがある。千国街道が有名だよな」

信州には海がないから塩は当時、国の生命線だった。そこで静岡の天竜川沿いに塩の道、糸魚川から千国街道、三河の国から中馬街道が信州への重要な塩街道としてあったと聞いている。久平が説明しながら、今にも枝が折れそうな鈴なりのリンゴ園の中の道を通り抜けていくことになった。

二人は塩尻宿に入った。宿の隣の永福寺さんには愛知県の足助神社にあるのと同じ中馬が飾られている。今でも馬頭観音が信仰されているようだ。

故郷のことを考えながらペダルを漕いだ。尻が痛い。背骨がぎしぎし言っている。

塩尻の次は洗馬宿だが、その途中に平出遺跡がある。日本三大遺跡の一つと言われている。近松は当然、まったく寄る気はない。

ブドウ畑、リンゴ園、蕎麦畑の広がる光景を楽しみながら、蕎麦の里、本山宿を一気に通り抜けた。下りは軽快、快適である。信号も少なく、スピードは五十キロを超える。やがて贄川宿の関所を通過、奈良井宿に入る。木曽川に沿って宿場の街並みに突然入り込んだ。江戸時代にタイムスリップしたような光景である。

中山道の木曽路の宿場町はたびたび起きた大火に加えて、ＪＲ、国道の開発でほとんどが消滅してしまった。今ではこの奈良井宿が当時をしのばせる所として観光名所になっている。

街道をゆっくり自転車を押しながら進み、途中の喫茶店で休憩を取る。相変わらず近松は温かい牛乳である。

下り坂を軽快に来たが木曽の難所、鳥居峠が迫ってきた。昔の旅人のように鳥居峠を歩いて越えたかったのだが、自転車なので仕方なしに国道一九号線を走り抜けることにした。

国道は旧道とは違い、信号のない上り下りの道で、しかも曲がりくねっている。ここを大型車が相当のスピードで通り抜ける。山間に挟まれた木曽川沿いの道を、大型車の風圧に耐えながら肩に力が入る。

カーブミラーで死角を確認しながらも、スピードを落とすことはできない。いったん止まってしまえば、坂道での発進は難儀だからだ。ギアをこまめに入れ替え、身体を低く保ち、顔を正面に向けて、歯を食いしばっての走行である。

ここ数日は足がつらなくなってきた。毎日のことで、丈夫になったのか。血液の循環が慣れてきたのかも知れない。

しかし、いまだ尻が痛いのは止めようがない。尻の皮がむけそうな痛さである。昔の人はきっと馬にまたがって移動するときも、同じような気持ちだったのだろうと、つまらないことを考えながら先へ急いだ。

木曽義仲が旗揚げした旗揚八幡宮に来た。樹齢千三百年の楠木に近松がまた抱きついた。

「おお、聴こえる。楠木がぼくにささやいている」

「何と言っているんだ、木は」

「近松君、五百年振りの再会だな。懐かしいよ、また五百年したら会おう」

近松は裏返った声で、こう言った。久平は近松の心の世界に霊界を感じながら、神社にお参りをして宮ノ越宿に入った。

ここで「中山道真ん中」の標識が迎えてくれた。久平が「やっと半分か」と軽くため息をつく。

やがて木曽福島の福島関所に到着。久平が饅頭屋に入って蕎麦饅頭と蕎麦寿司を買い込んできた。近松が見つけた足湯に、足を浸かりながら食べる。

「蕎麦饅頭は聞いたことあるが、蕎麦寿司？　おれはこんな寿司、初めて食べるな。お前は色々よく知っているなあ」

久平は若いころ、まだ中央高速道がない時代に、この十九号線で毎週のようにスキーに来ていた。この道の沿線のことは今でもよく知っている。

「チカちゃん、この先の上松宿の寝覚ノ床の近くに、かけはし温泉がるから、今夜はそこで泊まろう」

木曽路の中でも両側から山が最も険しく迫っており、川沿いに石垣を組んで橋をかけた難所である。今ではその石垣も、かけはし温泉に渡るかまぼこ型の赤い橋の下に、わずかに見える程度である。

久平が言った。「お前と今回の旅行をして、初めてまともな温泉宿に入れるな」と。でも、この温泉は湯治場のような温泉で、お湯は高級でも宿はお値打ちで、近松にとっては満足できる温泉旅館だった。

温泉にゆっくりつかっていると、山間から川の音をさえぎるように、汽車の車輪の音が聞こえて来た。汽車の通る音を聞いた久平が友達と海外旅行に行った話を始めた。

「ガキの頃、五円はげだった寿町の小山。電車の運転していたの知っているだろ」

「ああ、いたなあ」

「あいつ、酒飲んでも酔わないんだよ。もったいないやつだ。とにかく約束や時間に細かくて、ガキの頃はいい加減な性格だったのに、別人みたいになってしまった。胴周りが今では一メートルもあり、中年太りの見本みたいな体形で、とにかく祭りが好きなんだ。年が明けると春祭りが終わるまでうるさくて。

電車をやっていたから、とにかく何をしても指さし確認、予定の時間は一分も違えば大声でがなり立てるんだ。『男の約束は死んでも守る』と。男気一本の頑固一徹、話も約束もとにかく気を使うんだ。話をしているだけで肩が凝ってくるよ。

こいつと一度ゴルフに行く約束したんだが、そのときは台風が近づいて来ていて、大雨注意報が出ていたんだ。ゴルフ場に着いたら土砂降り。グリーン上の玉が流れるほどなのに、時間が来たら『おい、出発だ』と言うんだよ。

やつの気性をみんな知っているから、合羽かぶって出ることにしたんだが、キャディさんがハーフを上がったときに『残りもやるんですか』って。『雷と雪のとき以外は、ゴルフをするのは当然だ』と言うんだ。やっとゴルフするときは死に物狂いだよ」

それに約束を忘れたり、間違えたりしようものなら、まず半年は口を利いてもらえない。飲み会の幹事をしているとき、友達十人ほどでバリ島へ旅行に行くことになった。みんなも性格を知っているから、旅行の幹事なんかになると大変な思いをするぞと心配していたのだが、案の定、会の旅行前に事前に奥さんを連れて現地視察に行く念の入れようだった。

これにはみんなびっくりした。気楽な海外旅行なのに、向こうに着いたら分刻みの行程ができていた。

「あのときは海に入る時間、観光に出かける時間、買い物の時間と分刻みだったよ。夜はレストランも予約済みで、誰かが地元のものを食べられる店がよいと言いかけたら、えらい剣幕で怒りだしてねえ。なだめすかすのに往生したよ。まるで学生時代の修学旅行みたいだった」

何分、祭り男だから酒は強い。友達の中でもピカイチだ。

「おれは晩飯は食ったことがない。米のしぼり汁を飲んでいるから、米はいらない。こう言うんだよ。

しかも飲むのも五合ぴったり。多くても少なくてもいけない。薬の目盛りを図っているような飲み方だと誰かが言っていたよ。酒は気分だよな、そのときの気分で多くなったり少なくなったりするのだが、やつは違うんだなあ」

こんな取りとめのない昔話をしながら、少しぬるめのお湯につかって、二人は静かな木曽路の一夜を過ごすことになった。

八、ガラスに絵画に近松、感激

木曽川の流れる音で目が覚めた。山間にわずかに見える空はどんよりして、今にも雨が降りそうだ。リュックの中のポンチョを確認し、中山道を一気に下ることになる。国道の左わきに広重の絵になった小野の滝が爆音をとどろかせて落ちている。国道の方が平坦で走りやすいのだが、今でもわずかに残る旧道を選びながら進む。

知らぬ間に野尻宿から三留野宿の看板が目に入る。大きなつり橋が木曽川に架かっている。史跡とは関係なさそうだが、渡ってみることにした。橋の袂で先ほど買ったほうば饅頭を食べて小休止とする。

ここからが有名な妻籠宿と馬籠宿の峠越えである。今では国道があるので川沿いを行けば楽なのだが、せっかくだから石畳の道を自転車を押しながら進むことにする。

整備された一大観光地である。街道は昔ながらに保存され、史跡案内や土産物屋が並ぶ。久平が店先をきょろきょろ覗く中、近松はまったく関心なくどんどん行ってしまう。

「チカちゃん、ちょっとちょっと。この店、見て行こう」

「見ると欲しくなる。どうせ買っても、自転車だから持ってはいけない。見るだけ目の毒だ」

なるほど、確かにその通りだと、久平も変に感心するようになった。近松の考え方が久平に乗り移り始めたようである。

馬籠宿を出ると落合宿、中津川宿まで一気に下りである。中津川本陣跡に到着。途中にお寺や史跡が多数あるのだが、近松はまったく気に掛けることもない。

史跡前にあるベンチで腰をかけてしばし休憩。心配していた雨模様の空も、山を下るに従って晴れてきた。

近松に「どうだい、おれがいつも神社にお参りしているおかげだ」と言うと、近松は「お前のお参りで天気が変わるか」と吐き捨てるように言う。冗談もへちまもあったもんではない。

江戸から四十六番目の宿場町、大井宿。京都からは二十四番目になる。この大井宿にはひしや資料館と広重美術館がある。東海道にある由井の広重美術館に並ぶ、中山道の広重美術館だ。

「チカちゃん、どっちに寄ろうか」

「広重美術館に決まってる」

久平の問いかけに、つれない返事。久平は内心、おれはひしや資料館の方がよいのだが、と思っている。広重の絵を堪能して、近くのうどん屋で昼食を取る。

こんな宿場があったのかと思わせるように、山の中に大湫宿と細久手宿があった。

「たまらん、なんでこんな山の中に道を作ったのか。やっとれんよ」

久平が悲鳴を上げた。

「熊か猪が出るんではないの。昔なら山賊が出そうだよ」

ぼやきながら自転車を走らせていると、今度は石畳の道である。その脇に隠れキリシタンの里、耳の神様もあるかと思えば、立派な商家に願興寺という寺もある。町に出た。中山道みたけ館がある。

懐かしい名鉄電車の駅である。ここでやめれば家まで電車で帰れる。心の悪魔が岐阜弁でささやく。

「ここでまーおいて、家に帰いろ」（ここでやめて、家に帰ろう）

久平にすり寄って来る。久平は「いかん、いかん。こんなことでやめるわけにはいかん。チカちゃん、早く出発するぞ」とすり寄る悪魔を振り払った。

五十番の伏見宿を通り過ぎ、太田の渡しに到着。昔はここで船に乗り換え、木曽川を渡ったのだろう。古い酒蔵屋敷を横目に見て、太田宿を通り過ぎた。

「日本ラインロマンチック街道」の看板が出てくる。すでに薄暗くなってきた。川沿いに自転車を飛ばす。

岐阜市内に入ったとき、近松が「パンクや、パンク」と叫んだ。近松の自転車の後輪がパンクである。幸い岐阜市内である。

通りがかりの人に「自転車屋さんは近くにありませんか」と尋ねる。もちろん近松も久平も簡単な修理道具は積んでいるが、後輪はホイルを外すのにちょっと不便で、しかも高圧の空気入れがないとタイヤ圧を約六キロまで上げることができない。

近松が自転車店で自転車を修理している間に、久平は今日の泊まり先を探しに出かけることにした。駅前のビジネスホテルで、一泊四千五百円の格安ホテルが見つかった。サラリーマンが帰宅を急いでいる。ここから名鉄電車で一時間もあれば、自宅に帰られると思う久平であった。

自転車の修理を終えホテルにチェックインした二人は、駅前の居酒屋へ晩飯を食いに出かけた。近松はまったく酒を飲めないので久平も飯だけにするが、居酒屋で酒なしの初老爺が汗臭さが残るロードバイク用の服を着て、ねぎまとお茶漬け、焼き魚に奴豆腐と手羽先をかじっている。見られたものではない。

久平はせめても居酒屋風にと、ノンアルコールのビールを注文した。キンキンに冷えたビールに久平はこの旅行で初めて満足していると、近松は「おれは初めてこのような居酒屋に入った。こりゃうまいな」とにこにこしながら手羽先の骨までしゃぶりついている。

「えっ、お前、大衆居酒屋、初めてなの」

「おれは酒を飲まないから、地元でも居酒屋はまったく用がなかった。久ちゃん、焼き鳥注文していいか。おれはスーパーで買った焼き鳥しか食べたことがない。一度だけ居酒屋で焼き鳥、食べたいと思っていたんだ」

「おやじさん、焼き鳥、二皿！」

近松のために二皿を注文した。胃のない久平は消化の悪いものは食べることができない。

これでも一応、割り勘である。

「おれの妹がこの岐阜に住んでいるんだ。二十年ほど前に一度、自転車で来たことがある。それ以来、来たことがないので、今どこに住んでいるかよく知らないが、岐阜城が見えていたのを覚えているよ」

「お前、岐阜までママチャリで来たことあるの」

久平は内心、こいつバカかと思った。近松の妹は中学時代の初恋の人と結婚し、旦那の転勤で岐阜に越してきたそうだ。

「初恋ねえ、おれにもあるな。チカちゃん、お前の初恋はどうだった」

一滴の酒も飲んでいない近松が居酒屋の雰囲気にのまれてしゃべり始めた。

「おれの初恋は中学だった。体育部の黒野に負けたとき、これが初恋と感じたときだな」

黒野と友達である久平が少しびっくりして「電気工事屋の黒野？」と確認する。近松が少し興奮気味になってきた。

「あいつ美男子だったから、中学生の体操部のスターで、クラスの女どもが体育館でやつが部活していると覗きに行くんだ。女子に人気あったよな」

「なんで、お前、そんなこと覚えているの」

「おれのあこがれていた子がいたんだが、その子がやつを見に体育館に行ったときは、がっくりした覚えがある。これがおれの片思いの初恋だったかな」

彼はその後、高校でやはり体育部に入って、県大会にまで行った。肩をやられて大学時代はゴルフ部にいたが、芽が出なくて家に帰って家業の電器工事屋を継いだ。それでも、どこで拾ってくるか、いつも夜になると女を連れて歩いている。もてる男はよいなと、友達の間では妬まれていた。

「おれは女にもてたことがない。おれの人生は運がなかったんだ」

ノンアルコールに酔いしれている久平が話を続けた。その黒野も飲み会のメンバーなのだ。近松が「へえ、世の中、狭いな」と言いながら、久平の話に耳を傾けた。

この黒野が三年ほど前に友達の保証人になっていて、そいつが夜逃げしてしまい、黒野は家屋敷全部を銀行に取られた。あいつは人情家だった。その後、県営住宅に入って質素に生活している。どうもこれで女をはべらす人生も終了したみたいである。

車もクラウンから軽自動車に切り替えて、年金と奥さんのパート収入で暮らすようになった。夜遊びの生活はできなくなり、その後、女と手が切れてからはぶくぶく肥えて、今では胴周りが一メートルを楽に越えたと嘆いている。昔のダンディなイケメンも今では見る影もない。

「そりゃ、そのうちに糖尿病だな。きっと女のたたりだ」

もてなかった近松の気持ちがにじみ出た。

最近、黒野があまりに暇そうに団地の中をうろうろ歩いているので、団地自治会の会長の役が回ってきて、団地内のごみの分別や街路樹の剪定、街路灯の修理に追われている。昔取った杵柄とかやらで、街路灯の修理はお手のものと自慢していた。

このごろは一人暮らしの年寄りが多くなり、テレビの修理や洗濯機の修理にまで担ぎ出されているとのことだ。もてるのは後家ばっかりだと嘆いていたが、未亡人カラオケ会から会長も出席して下さいとお招きがあったと無邪気に喜んでいた。女好きの本性は治っていないようだ。

ノンアルコールビールとウーロン茶で焼き鳥をほおばり、初恋談義と人生の失敗談を話しながら、岐阜の夜が静かに過ぎていった。

東京からすでに四百二十キロ以上来た。うまくいけば、明日は京都三条大橋に到着できる。

長良川の渡し、小紅の渡しに到着した。今でもこの長良川を情緒豊かに船で渡ることができる。しかも無料だから、近松は大喜び。「久ちゃん、船で渡るぞ」とテンションが高い。対岸に向かって手を振ると、船が迎えに来てくれた。手漕ぎならいいのだが、今時はモーターに決まっている。岐阜市もなかなか粋な計らいである。

五十五番の美江寺宿を通り抜け、赤坂宿に入る。美濃国分寺が置かれていた広大な敷地に資料館があった。

近松はこれには目もくれずに通過。垂井宿に入り、そこには立派な伊富岐神社と本龍寺があったが、やはり目もくれずひたすら走ってゆく。

久平はこれではまるで競技会のようだと思うのだが、近松はどうも今日中に京都に入りたいようである。美江寺から徐々に坂道が多くなってきた。いよいよ関ヶ原に向かって、またもや山道である。

「チカちゃん、休憩、休憩や」

久平がコンビニの前で止った。冗談じゃない、休憩もしないで関ヶ原の山道を越えるつもりなのか。その上、朝からコーヒーを飲んでいない。

「このコンビニでコーヒータイムや」

久平はこう言って、さっさと店に入って行った。近松も仕方なさそうに付いて来て、温かい牛乳がないので、仕方なしにカフェオレとドーナツを買った。

久平はホットコーヒーとアンパンと栄養ドリンクを買って店を出た。外のフェンス脇に腰を掛けて食べた。山から下りる爽やかな風が二人の汗ばんだ身体を心地よく冷やしていった。

五十九番今須宿を過ぎ、もうすぐ米原市の近く、柏原宿に着く。もう琵琶湖は目の前である。

広重の絵になった亀屋佐吉商店に到着。記念写真を撮って、少し遠回りになるが、長浜城に立ち寄る。琵琶湖を見ながらコンビニ弁当で昼飯である。

「この近くに黒壁ガラス工房があるから寄って行こう」

「入場料がいるのか」

久平は少しむせっとしながら「ただや」と答え、まったくせこいやつだなあ、と思った。安心したのか近松が「よし、では行こう」と乗り気になってきた。

久平の案内で近松はガラス工房を初めて見た。近松、大感激である。

なんと一時間半も工房や店の中を歩き回り、素敵な作品を眺めて動き回っている。値段を色々チェックしているが、まったく買う気はない。

その中で青の地に、白い水玉模様の花瓶を気に入ったとみえ、「久ちゃん、これ、お前買わないか」ときた。何とお値段は十万円。

「これいいぞ、ものすごくいいぞ」

「お前は買わないの」

「おれは金がないし、カードもないからだめだ。お前、カード持っているだろ。お前が買って、たまにおれに見せてくれたらよい」

久平は溜め息をつきながら、店員に「この花瓶、クロネコで送ってくれますか」と聞き、買うことになった。くそっ、こんなところに連れてくるのではなかった、と思ったものである。


道は平坦になり、快適に走れる。彦根城に寄ることになった。彦根の町は城下町として今でも繁栄している。特にお城の周りは観光土産物屋が軒を並べ、大変な賑わいである。

近松と久平はお城の入口まで自転車を進めた。岐阜を出てから関ヶ原を越える峠越えで、やっと開けた琵琶湖湖畔に少々気が緩んできた。終点の京都は最早、目と鼻の先で緊張感もない。

「チカちゃん、彦根城のひこにゃんに会いに行こう」

「そんなもの見ても仕方がない。入場料、いるやろ」

いつものように言いながらも「会っていくか」と初めての気のよい返事をした。相当緊張感がほぐれているのだと久平は感じた。

ひこにゃんとイケメンのおもてなし武将隊を見た後は、たらたらと自転車を転がしながら、どこに泊まろうかと思案している久平に、近松が「琵琶湖大橋を渡ってみたい」と言い出した。しょうもないことだと久平は思ったが、どうせこの近くで泊まるのだからと渡ることにした。

夕日が湖畔に映り、近松は大満足である。「久ちゃん、琵琶湖って大きいな」。久平は何をばかなこと言っているんだ、当たり前じゃないか、と思った。

「久ちゃん、ついでに琵琶湖一周して帰らないか」

感激した近松が能天気なことを言い出した。それを聞いて、バカ言ってるんじゃーないよ、と思った。

「淡路島と一緒ぐらいあるんだよ。えーと確か二百五十キロ近くあるはずだ。ちょっとなんて気持ちで、一周なんてできるはずがない」

久平はちょっと言い過ぎた自分を反省して「チカちゃん、琵琶湖畔にある佐川美術館に寄って行こう」と機嫌をとった。

「佐川美術館て聞いたことないな。どうせたいした展示物なんかないんだろ。しかも宅急便屋の雲助の作った美術館なんて、見てもしょうもない」

「バカ言うなよ。おれはわざわざこの美術館に三回も来ているんだ。だまされたと思って着いてこい」

久平は語気を強めた。やがて美術館の正面に着いたとき、湖面に浮かぶ幻想的な美術館が目に飛び込んできた。バカにしていた近松は黙って、一言もしゃべらない。

館内に入り平山郁夫の絵の前に立ったとき、画歴五十年の近松は物言うことなく、瞬きすることなく、動かなくなってしまった。本物との出会いである。近松は館内を何度も回っている。

久平はエントランスにあるお洒落な喫茶店に入り、コーヒーを飲みながらくつろいでいると、焦点の定まらない近松がやってきた。近松が何を思っているかは久平にはわからないが、ものすごいショックを受けていることだけは理解できる。

「久ちゃんは何でも知っているんだな」

近松は一言、ぽつんと言った。黒壁工房、彦根城、そして佐川美術館と寄り道をして、すでに夕方になっている。京都にたどり着くには困難な状況である。

しかも近松は今日の出来事をまだ頭の中で整理できていないほど興奮している。久平の後ろを走りながら、何やらわーわーと久平に話しかけてくるが、少し難聴気味の久平には何を言っているのかよくわからない。

いい加減に「うん、うん、そうだな」と空返事をしていた。いつもなら久平の前を走っているのに、近松が金魚のフンのようにくっついてくるので、久平は自転車が接触するのではないかと気が気でなかった。

しかも、うるさいほどしゃべっていると思ったら、今度は一言もしゃべらなくなった。こんな近松を促して琵琶湖大橋の袂にある旅館で泊まることになった。久平が近松を元気づけようと提案した。

「チカちゃん、晩飯は近江牛のすき焼きかしゃぶしゃぶにしたいのだが、どっちがよい」

「おれはそんな高価なものでなくてよい。もっと簡単に食べれるものはないか」

「それなら寿司はどうだ」

「まあ寿司ぐらいならよいな。近くにくるくる寿司はあるか」

「いや、琵琶湖には鮒寿司という名物の寿司があるんだ。それにしないか」

久平がたくらんだ。冗談じゃない。こんな所まで自転車で来て、くるくる寿司はないだろ。内心、一発かましてやろう、との魂胆だ。

「いいね、その鮒寿司を食うことにしよう」

鮒寿司を見た近松が「これ寿司なの?」と驚き、そして鼻を付けて「クセー、※○△×?これ腐ってるんじゃないの、鼻が曲がりそうだ」と言いながらも食べ始めた。しばらくして「いや、意外とうまいじゃん」。

結局、後からコンビニ弁当を食べることとなった。これは勝手なことばかりを言う近松に対する、久平の鮒寿司による反撃であった。

この日は旅館に泊まることになった。飯を食って風呂から出てきた近松が、またもや黒壁と佐川美術館の話をし始めた。久平はひたすら「ふん、ふん」とうなずくだけ。近松の長い独演会で秋の夜が更けていった。

九、ついに走破、京都駆け巡り

東海道と中山道の分岐点、東海道の五十二番目の宿場、草津宿に入った。まずは名物のうばが餅をいただく。観光客でにぎわっている史跡も見ずに大津へ入る。

木曽義仲と芭蕉のお墓がある義仲寺の横をすり抜ける。久平は内心、寄って行きたいのだが、近松は相変わらずまったくその気がなさそうである。

久平が「三井寺に寄って、お参りして行こう」と声をかけるが、近松は当然のことのように「そんな寺、寄っても仕方がない」である。久平は「寄らなきゃ嫌だ」と言い返した。今回は近松も仕方なしに寄ることになった。

境内をゆっくり散策し、お茶でも飲んで行きたい。さっさと先に行きたい近松だったが、その近松が「巨木や、巨木や」と声を挙げた。

「おれは巨木に抱かれると、ものすごく安心するんだ。巨木の精がおれに乗り移って来るんだ。巨木の息遣いや鼓動まで聞こえてくる。この何十年、何百年もの間、琵琶湖を眺めながら静かに過ぎゆく人々を眺め、流れゆく時代を見て来た。おれはこんな黙して語らない巨木が大好きなんだ」

久平は近松の巨木の話を聞きながら、琵琶湖を眺めていた。

「チカちゃん、この最後の峠を越すと京都だが、どうしよう」

「当然、この京都から東海道を東に進み、家まで自転車で帰ることになる。何十年ぶりかの京都や。とりあえず京都三条大橋まで行こう」

近松は元気いっぱいである。長い下り坂を降りると、いよいよ京都に到着である。わくわくする気持ちにひたりながら、三条大橋までおよそ十キロ、ゆっくりと進んだ。

無事、三条大橋に到着。気分は最高潮に達して、身体が高揚してくるのがわかる。昔の旅人はこれ以上の満足感を味わったことだろう。

弥次喜多の銅像が立っている前で記念写真を撮り「万歳！　万歳！　万歳！」と三回、恥ずかしくもなく大きな声を挙げた。人間、不思議なもので大声を出すると、今まで高ぶっていた気持ちが引き潮のように落ち着いてくる。

冷静になった近松が「さあ、昼飯を食って帰るか」とつぶやく。久平はなんでおれはこんなバカと付き合っているのだろうと思った。

「お前、何十年ぶりかの京都だろ。せっかく苦労して来たのだから、市内見学に出かけよう」

「わかった。じゃあ行くが、金がかからないように選んでくれ」

近松と久平の京都市内観光が始まった。まずは近くの平安神宮、次に八坂神社と円山公園、続いて清水寺を見学して、市内に向かい三十三間堂まで来た。

「お寺ばかりじゃないか。おれはお寺には興味がない。しかも拝観料払うのも気が乗らん。嵐山という風光明美なところがあるだろ、そこに行こう」

「嵐山か、また一番遠いところを言うな。仕方がない、市内を横切って行くことにするか」

市内の車をかき分けるようにして、嵐山の麓に着いた。

「チカちゃん、渡月橋に着いたぞ。この川が有名な桂川だ」

「ふーん、さして見るところはないな。あれが嵐山か、ただの山だな」

かたわらに自転車を止め、桂川の散歩道を歩く。多くの観光客であふれている。

「久ちゃん、おれは何十年か前に一度だけ京都に来たことがるだけだが、お前は京都の街も詳しいんだな」

久平は東海道線に乗って来た昔を思い出していた。

「大学時代に友達がいて、ちょくちょく遊びに来ていたんだ。京都は学生運動のメッカだったからな。今から思えば、青春時代の真っただ中だった。嵐山公園の近くに有名な天竜寺があるから寄って行こうか」

「聞いたことのある寺だな。仕方がない、見て行くことにするか。久ちゃん、京都の名物は知っているか」

「お土産なら生八つ橋だな。おれはあんこ入りの生八つ橋が好きだ。食い物なら京料理があるが、高いから、お前向きじゃないよ」

「じゃあ、八つ橋とやらを食べよう」

いかにも古そうな和菓子屋に入り、ウインドウを覗くと、色鮮やかな美味しそうな和菓子が並んでいる。近松が見ているのはもっぱら値段である。

そんな中から生八つ橋を十個買い求めてレジの所に進むと、焼き八つ橋が箱に入って売られている。久平はその焼き八つ橋もついでに買い求めて店を出た。

駅前のビジネスホテルに入る前に、近くの鴨川のほとりで生八つ橋をペットボトルのお茶で食べていたら、食いしん坊の近松が久平のリュックの中にある焼き八つ橋の箱を見つけた。

「久ちゃん、その焼き八つ橋もついでに味わおう」

久平は仕方なく焼き八つ橋をリュックから取り出し、近松に渡した。そして、二人はぽりぽりと食べ始めた。

「チカちゃん、お前、前歯丈夫なんだな。おれは最近、硬いものを食べると歯が欠けるから、気を付けているんだ。

そう、中学生のとき級長していて、今、北町歯科やっている磯谷も酒飲み会の仲間なんだ。お前、歯医者はどこに行っているんだ」

「おれはこの年になっても、虫歯は一本もない。今までに歯医者に行ったことはないが、そう言えば女房が確か北町歯科に行っているな」

「お前、虫歯一本もないの。すごいなあ。おれなんか、もう半分は虫歯になって治療した。もう少ししたら、きっと総入れ歯だな」

その磯谷は今では仲間の中で一番の働き者だ。毎日五十人近い患者を診ていると自慢していた。診療所の中をまるでこま鼠のように動き回って働いている。「おれは死ぬまでこのまま働く」と豪語している。根っから仕事好きである。

酒を飲んでいるときも、歯の治療や入れ歯の話ばかりで、たまに言うのはゴルフと孫のことくらい。ああ言うのを医者バカと言うのだろう。見方によっては実に幸せな男である。

「ただやつの難点は人の口を開けさせたまま、あれこれしゃべるんだ。こっちは『あう、あう』言うだけで、返事ができず、いつも困っちゃうんだな」

この仕事バカが会の幹事のときに、台北へ旅行に行ったことがある。行ってわかったが、常識外れのいい加減な計画で、台北の飛行場に着いたときのことである。

「皆さん、何も決めていないから、どこに出かけようか、と言うんだよ。十人もいるのに、みんなあきれて黙っていると『それじゃホテルに行って休憩するか』だって。おれはそのとき、このドバカがと本気で思ったね」

それから大騒ぎでバスの運転手と打ち合わせ、あちらこちらに出かけたのだが、次の日の朝起きたら台風が近づいていた。そしたらこの能天気な爺は「暇だからゴルフに行こう」と言い出した。さっさと業者に電話して、玄関にはすでに迎えに来ていた。

「台風で大風の中にゴルフだよ。やること、なすこと、信じられない。ゴルフを終わって帰りの飛行場に行ったら、いよいよいけない。飛行機は欠航となり、ホテルは引き揚げて戻れない。結局、空港のロビーで新聞紙を引いて、一夜を明かすことになったんだ。

そしたら、『じゃあ、腹ごしらえだ』と言って、おれを待合ベンチに残して、みんなで空港の中にある居酒屋風の中華料理店に出かけてしまってな、おれは新聞かぶってベンチで乞食みたいに寝ていたら、夜中になっていい気分で帰ってきやがった。おれが確保しておいたベンチで、グウグウいびきをかいて寝てしまいやがった。おれはもう二度とやつが企画する海外旅行には行かないと決意したね」

「ふーん、おれは海外旅行なんて、今まで行ったことがないよ。大体、あんな鉄の塊が空を飛ぶなんて、とても信じられない。おれは乗るのは嫌だね」

夕方まで取り留めのない話をした後、京都駅近くのビジネスホテルに泊まる。とにかく中山道を制覇した。残りは東海道を家まで百三十キロ走るだけである。

十、無事の帰還、熱田の神に報告

朝六時に起きた二人は軽く朝食を食べ、七時にホテルを出た。まだ道はすいている。一気に大津、草津まで戻り、東海道に乗り入れた。

石部から町おこしをしている水口城の城下町に入る。街道の両側の建物には江戸時代の屋号と思われる表札が掲げられていた。

そのまま土山宿の道の駅に入る。入口で名物のかにが坂飴を購入して、道の駅でただのお茶をいただき、初めての休憩である。これからは鈴鹿峠を一気に下ることになる。まるで谷底へ落ちていくような坂道だ。ブレーキをかけっ放しである。

近松の自転車のブレーキが効かなくなってきた。ゴムの焦げる臭いが後ろを走る久平に感じられた。

「チカちゃん、止まれ止まれ。ゴム臭いぞ」

「危ない、危ない。もう少しでブレーキがまったく効かなくなるところだった。早く気付いてくれてよかったよ」

坂の途中に鈴鹿馬子唄会館が見えてきた。ここで車輪に水を掛けてブレーキを冷やし、館内を少しだけ見学する。

「あっ、馬のモニュメントだ」

近松が子供のようにはしゃぐ。あどけなくはしゃぐ爺の姿に、館内の人が笑いをこらえているのがわかる。坂の下にはまさに坂下宿があり、無事に到着できた。

この先に関宿がある。東海道では随一の街並みが保存されている宿場町である。家々の間を自転車から降りることなく見物、そして、自転車にまたいだままで写真を撮る。久平が街並みを見ながら言った。

「チカちゃん、うだつが上がるとか、うだつの上がらないやつだとか言うが、このうだつの語源になっているのが、あの建物と建物の間に建っている防火用の仕切り屋根のことだよ」

「おれにはうだつが上がろうが下がろうが、元々人と競争する気がないのだから、関係のないことだ」

まったくわれ関せず、と知らぬ顔である。久平はせっかく来たのに、ゆっくり見学しなくてはもったいない、と思いながら通り過ぎ、国道一号線の道の駅でようやく昼飯にありついた。

団子とポカリを買って、亀山城に向かって出発。道はカラー舗装され、昔ながらの商店名の街道を進む。庄野宿資料館で記念スタンプをいただき、石薬師宿には石薬師寺があったが通過する。

来た来た、四日市宿である。ここには久平が立ち寄りたい笹井屋さんが三滝橋のたもとにある。日永のなが餅を久しぶりに食したい。

お店でお茶をいただきながら、なが餅をいただく。甘いあんこの餅は今も昔も旅の疲れを取るには最高の贈り物である。この四日市はお伊勢さんに行く伊勢街道の入口でもある。伊勢街道の入口には大きな灯篭が建っていて、旅人の目印となっている。すぐ隣が桑名、七里の渡しである。東海道の難所の一つ、ここを超えれば尾張名古屋、熱田神宮に参拝できる。

桑名城の門前には高級肉の柿安本店、三重の鹿鳴館とも言われる六華苑があるが、近松にはまったく寄る気配もない。久平は「柿安のすき焼き食いたいなあ、桑名名物の蛤食べたいなあ」と思いながらも、通り過ぎることになってしまった。

揖斐川、長良川、木曽川に架かる橋を渡り、いよいよ熱田神宮に到着。ここから自宅まではあと二十二キロしかない。最早、着いたも同然である。珍しく近松が久平に話しかけた。

「熱田神宮にお参りして行こう」

「そうか、熱田さんは拝観料がいらないんだ」

門前に自転車を止めて、鳥居の前で一礼し、神宮の森に入る。参道の砂利を踏みしめながら本殿の前に向かい、うやうやしくお参りした。久平は安全に終えることができたお礼に、ちょっと多目の賽銭を入れた。

近松は神宮の大杉に抱きつき、何やらぶつぶつ言っている。近松なりの信仰であろうと、久平は納得できるようになっている自分に気付いた。

日本にはあらゆる神様がいる。近松の中にも近松が信ずる神様がいる。久平は信仰の在り方まで近松に教えられることとなった。門前に出ると蓬莱軒の看板があり、それを見て近松が言い出した。

「家まではもう目と鼻と先だ。久ちゃん、うなぎを食って行こう」

「チカちゃん、ちょっと待っていてくれ。今、女将に聞いてくるから」

久平は店に入って行った。そして、座敷を借りてきた。近松は座敷に入れるとは夢にも思っていなかった。

「久ちゃん、どうして座敷なんかに入れるの。お前、どこでも知っているんだな」

「うん、まあな。ちょっと知り合いなんだ」

女将の案内で部屋に通された。二人は名古屋名物のひつまぶしをいただくこととなった。

「久ちゃん、ひつまぶしって、どうやって食べるの」

「好きなように食べればいいよ。おれは全部食べ切れないから、おれの分、半分、茶ずけにして食ってくれ」

近松のうな重の上に、山盛りに積み上げられた。近松は「ははっ、これでは弁天のうなぎと同じや」などと言い、出発したときのうな重を思い出しての旅の終わりとなった。

東海道を東に向かって出発するときは、ほとんど話をしなかった二人だった。それがいつの間にか「ああ言えばこう言う」間柄となり、弥次喜多のように身勝手な言い分を展開するおかしな初老見習い爺になっていた。東海道・中山道弾丸自転車旅の終わりである。

十一、一年後、突然、近松との別れ

近松の奥さんより突然、電話が入った。

「もしもし、山田さんのお宅ですか。主人が今朝九時に亡くなりました。明日の夜、自宅で六時から通夜をいたします。明後日、葬儀場で十時から葬儀しますので、よろしければ送ってやって下さい」

随分落ち着いた口調での電話である。

「今、年賀状を見ながら皆さんに連絡しているところです」

長らくガンと闘ってきただけに、この日を覚悟していたのだろう。しかし、こんなに冷静に電話をかけられるものだろうか、と久平は思った。

久平は少し早目の夕方五時に、通夜の会場になっている近松の自宅に出かけた。部屋の中では、黒の喪服を着た小太りの葬儀屋が葬儀の準備をしている。、家の中はすでに通夜の準備が整い、親族の方と思われる数人がお茶を飲んでいた。

自宅でのお通夜ということで、応接間となっている六畳の部屋に通された。久平の目に最初に飛び込んできたのは、仏壇の前に三十センチほどの足踏み台の上に置かれ、にこやかな顔をしたちょっとおどけただるまである。

「ああ、高崎の今井だるま店で買ったあの無地のだるまに、自分で色を塗ったんだ」

久平は心の中でクスッと笑った。仏壇の前にお棺が置かれ、白い布がかぶせられている。その前では線香がたかれ、生前撮られた小さな顔写真があった。横には親族からの生花とお供えの果物、菓子箱が置かれ、座布団が無造作に並べられている。

久平は奥さんを見つけ話しかけた。「どうもこのたびはご愁傷さまでした」と一般的なあいさつから入った。

「長い間お世話になりました。最後の入院のときに声をかけようと思ったのですが、主人から誰にも言うなと止められていましたので、失礼してしまいました。申し訳ございません」

「最後に一言声を交わしたかったのに、それができずに残念でした。でも、そういうことなら仕方がなかったですね。変な頑固さがあったからな」

「山田（久平）さんと一年ほど前に旅行に出かけたことがありましたね」

「はい、ロードバイクで東海道と中山道を、弥次喜多道中よろしくやりました」

「あの旅行が終わってしばらくした頃、主人が腰が痛いって言い出したんです。あまりにも痛そうにするので、医者に診てもらったらと言ったのですが、主人は『ちょっと無理したから、疲れただけだ』と言って、マッサージに出かけたり、湿布を貼っていたのですが、一カ月ほど経っても治らないので、整形外科に行ってレントゲンを撮ることになり、そこで即、精密検査に回されたんです。

そうしたら腰の骨にガンが見つかりまして、前立腺ガンが腰骨に転移したみたいなんです。何分、昔からものすごく医者嫌いで、大昔に会社で腰痛になって三日間入院して、定年してから脱腸の手術と前立腺ガンで入院しただけで、風邪を引いても置き薬を飲むだけでした。前立腺ガンの手術後も、医者から定期検査に来るように言われたのですが『もう治ったから大丈夫だ』と言って、三回ほど経過観察の診断に行っただけで、出かけなくなったのです。

ガンが発見されて、あわてて放射線療法を始めたのですが、手術は難しいと言われ、余命四カ月と宣告されました。日々痛みが増すばかりで、二カ月前ごろからは歩行が困難になり、痛み止めを打ちながらの入院生活をしていました。

好きな絵も描くこともなく、それでもジャズだけは毎日聴いていました。友達に会って話でもすれば多少気がまぎれると勧めたのですが、弱気を見せることはありませんでした。入院中は久平さんとの自転車での旅のことを何回も聞かされました。よほど楽しかったのだと思います。ありがとうございました」

久平が入院中はわがまま言って、大変ではなかったですか、と聞いた。

「入院中は婦長さんに大変お世話になり、とても感謝しています。久平さんはあの婦長さんのことをよくご存じだと主人からお聞きしましたが」

「いいえ、そんなによく知っているわけではないのですが、本当にできた方です」

「主人の介護で疲れて、私が落ち込んで廊下のソファに寄りかかっているとき、私の姿を見つけて、言って下さった言葉を今でも忘れることができません」

下を向いて久平から目をそらした。

「なんて言ったんですか」

近松の妻は思い起こしながら、話し出した。

「婦長さんは『私たちはご主人様の痛みを薬で取り除くことはできますが、ご主人様の不安や無念さを取り除くことはできません。ごめんなさい、ごめんなさい』と何度も謝られるんです。

涙が出ました。主人の不安や無念さは私や家族しか取り除くことができない、しっかりしなくてはと思い知らされました。

その後もいろいろ気を遣っていただき、淋しそうにしている主人に何度も何度も声をかけていただき、寄り添っていただきました。おかげで主人も安らかな顔をして旅立つことができました。とても感謝しています」

近松の妻はこう言うと、一息ついてまた語り始めた。

「山田さんにもお会いすればきっと気分が晴れると思ったのですが、かないませんでした。申し訳ないことをしました」

久平は声も出ないでうつ向いたまま、あの婦長に「ありがとうございました」と心の中で感謝の手を合わせた。

昔々、人類がこの地上に現れたころ、神様が決めたことの一つに、幸福は時間をかけてやってくるようにした。じわじわと幸せがやってくれば、幸福が長く味わえる。反対に不幸は突然やってくるように決めた。それは、弱い人間には不幸が長くかかってやって来ると耐えられないからである。

幸福は努力して努力して、それでもかなえられないこともある。試験でよい成績を取るのも、運動競技で優秀な成績を収めるのも、努力しないで勝ち取ることができない。人は幸せを求めて頑張り、頑張っていることにも幸せを感じる。努力しても期待通りの結果を出すことができるかどうかはわからない。努力しなくてよい結果を求めるのは神様をあざむくことであり、愚かなことである。

努力しても人間業では防ぎ切れない。そんな不幸には神頼みしかないことになる。

近松は以前、「おれはお前のようにどちらかと言えば表に出た華やかな人生ではなかった。可もなく不可もない人生だった」と語ったことがあった。大過ない人生を七十年も送ること、送れたことは本当に幸運で奇跡と言いたいほどである。

久平はこの近松の目立たず出しゃばらず、表に出ない風のような生き方に、自分の努力とは違う生き方を感じるのだった。人生の終局に向かって、おもしろく、しかも有意義に盛り上げていくにはどんな努力が必要なのかを考えさせられる葬儀への参列となった。

葬儀の朝、久平はまだ薄暗いうちから目が覚めていた。目が覚めたというよりは、ほとんど眠れなかったのである。近松との思い出や彼の言葉が頭の中を走馬灯のごとく通り過ぎ、自転車で走る彼の後姿が映画の場面のように甦ってくる。

久平は朝焼けの中、ベランダに出た。輝く朝日が彼の顔を照らした。久平の頬に一筋の涙が流れた。

「チカちゃん、さようなら、ありがとう。君と会えて楽しかったよ」

久平は静かに太陽に手を合わせ、ゆっくりと頭を下げた。

十時からの葬儀に久平は出かけた。大きな葬儀場である。今日は他に葬儀はないみたいで、近松家だけのようである。

玄関を入ると正面に大ホールがあるが、「近松家葬儀場」と書かれた看板が右側に出ている。受付は葬儀場の女性の方が立っているだけである。

右の廊下の先には小ぢんまりとした家族葬向けの部屋があり、そこが近松家の葬儀部屋になっている。正面に祭壇があり、お棺がその前に置かれ、棺桶の前には一輪差しの花瓶に野菊が一輪植えられている。

その花の横に古ぼけたギターと使い込んだ筆が十本ほど筆立てに立てられている。そして、右手に何やら感謝状が飾られている。

正面の祭壇には日本橋の横で撮った東海道の起点記念碑の前で万歳をしている写真が飾られている。写真は星条旗と日の丸が描かれた工事用ヘルメットを被り、髭面で満面の笑みをたたえている。葬儀には不釣り合いだが、近松が居間の壁にぶら下げていたお気に入りの写真である。

壁には生花の代わりに、彼が書き残した絵が並び、バックグランドミュージックに何とジャズが流されている。

三十席ほどの席に十名ほどの参列者が座り、正面右側には娘夫婦と中学生の制服を着た孫娘が座り、その隣には息子の三歳ほどの孫が楽しそうに走り回っている。

久平が遺影を見ていると、奥さんが話しかけてきた。

「主人は『おれの葬儀には坊主なんか呼ばなくてもよい』と言っていたのですが、そんなこともできないので一人だけお願いしました。それに、参列者の皆様も呼ばなくていいと言っていましたが、最後のお別れですので本当にお世話になった方だけに声を掛けさせていただきました。

主人はガンの再発を医師から伝えられたとき、リビングウイルという書類を作りました。そして、それを私に渡して『いよいよ、いかん』というときが来たら、この通りにやってくれと言い残していました。

山田様から教わったと言っていましたが、ガンが再発したことを知ったときから、延命処置はするなと言って、自分で紙に書き置きをしていました」

「ええ、ぼくが彼に教えたことです。いつのことだったか忘れてしまいましたが、友達の親が苦しんだのが話題になり、自分の死に方をどうしようという話になったことがありました。そのときぼくが『リビングウイルと言って、延命処置はしないという制度がある』ことを彼に教えたら、彼からその書き方を教えてくれと言われて、記入の仕方を教えた覚えがあります。

そのとき、献体の仕方を教えてくれと言われたのですが、どこかに献体もされたのですか」

「はい、祭壇の横に感謝状が届いています。近松は本当は角膜と腎臓と心臓を提供したかったみたいですが、薬漬けのガンですので受付できないと言っていました。そこでガンでお世話になった病院に献体を申し込んでいたみたいですので、早速、その手続きをしてきましたら、今朝、感謝状が届きました」

「そうでしたか、すごいやつだな。ぼくにはとてもまねできない。こんなこと言うべきではないかと思いますが、チカちゃんは生前は本当にケチだったですよね。本当に変わったやつでしたね」

「その通りですが、私もびっくりしました。遺言ですのでその通りにさせてもらいました。山田さんに最後のお願いがあります。主人が死の間際に言い残したことがありますのでかなえてやって下さいませんか」

「何ですか。私のできることなら、何でもお手伝いしますが」

「お棺の中には献体のため、主人は入っていません。主人からの生前の希望でお棺にお別れのメッセージを書いてくれとの伝言です。今日来る人に、そんなに多くの人にはならないと思いますが、一言ずつお棺に直接お別れの言葉を書いてもらうようにと言って逝きました」

「わかりました。私からでいいのですか」

久平はそうと言いながら、奥様からサインペンを借りた。何を書こうかと迷った。約束事は書けない、書けば死者との約束になり、人生を拘束される。かといって、さようなら、では味気ない。

「人生後が面白い。お前のおかげで面白い人生だった。ありがとう。あの世でゆっくり待っていてくれ。おれが行ったら案内頼む（小さい字で）迎えに来るな」

最後はこうと結んだ。その後、参列したすべての人がお別れの言葉を書き込んだ。

読経が流れる中、焼香はすぐに終わり、近松らしい旅立ちとなった。喪主のあいさつでは、故人より今日の斎場に掲げられている彼が描いた絵を形見分けとしてお持ち願いたい、とのことである。

久平はそのうちから、東海道を旅したときに思い出のある「駿河の松林から見た富士山」の絵と「小田井宿から見た浅間山」の絵をもらうことにした。

喪主の奥さんがあいさつの最後に、主人がお別れの言葉を残して行きましたから、と便せんを取り出し、彼の言葉を読み始めた。お世話になった方々へのお礼や思い出が綴られていたが、久平の心に残った言葉は次のように結ばれた一文だった。

「おれの生活は貧しかったが、心は豊かな人生だった。皆さんこんな変わり者でしたが、お付き合いして下さり、ありがとうございました。ご迷惑をおかけしました。感謝です」

出棺には近松が最も愛した歌「野に咲く花のように風に吹かれて　野に咲く花のように人を爽やかにして……そんなときこそ野の花の　けなげな心を知るのです」が流れた。

きっと最後の旅立ちの今も、この歌を歌いながら、野道をぶらぶらと歩いているにちがいない。そんな近松の光景が参列者の目には映っていることであろうと久平は思うのであった。

葬儀の半年後、久平は一人、四国巡礼に出かけた。

いや、一人ではなさそうである。

森　久士（もり・ひさし）

一九四八年生まれ。愛知県知立市の土着民。一九七八年、税理士・森会計事務所を開設、二〇〇二年、税理士法人スマッシュ経営を設立、現在に至る。

二〇〇七年、胃ガンで入院、二〇〇九年、ガンの再発で胃を全摘。現在も至って元気で、仕事にも遊びにも熱中。病後の生き方についても、これまでの著書などで紹介した。著書に『胃袋全摘ランナー 世界を走る』『60過ぎたらボウリング』『にっこり相続　がっくり争続』がある。

輝け！団塊世代の老春

平成三十年一月一日発行
定価＝一五〇〇円＋税

著者　森　久士
発行者　舟橋武志
発行所　MY TOWN NAGOYA
ブックショップマイタウン
〒453・0012名古屋市中村区井深町一・一
新幹線高架内「本陣街」二階
TEL〇五二・四五三・五〇二三
FAX〇五八六・七三・五五一四
URL http://www.mytown-nagoya.com/

ISBN978-4-938341-59-6 C0075 ¥1500E

「病は闘うもの」「病気は生き方を変えるまたとないチャンス」――六十を前にして突然のガン宣告。リハビリがマラソンに〝転移〟し、運動オンチが思いもしなかった老後に。こんな生き方、考え方があったのか。走ればガンも逃げてゆく。同病者には励ましに、モノグサのあなたも、読めば走ってみたくなる(かも?)。四六判・二三六頁・一五〇〇円+税。

いまボウリング場は元気な高齢者のたまり場。大した運動量でもなく、足腰をきたえられる。それに簡単なようにみえて、なかなか奥深いものがある。還暦を過ぎた玉子がボウリングの魅力にとりつかれ、どう変わっていったのか。そして、主人は何をしたのか。胃袋全摘ランナーが書いた実録風スポーツ小説。A5判・一八〇頁・一五〇〇円+税。〔完売〕

にっこり相続
がっくり争続

森 久士 著

息子よ、大変なのは親ではない、お前たちだ。墓参の折、突然、ヒシャクで二男が墓石をたたいた。こんなことが起きないよう、円満に引き継ぎたいもの。相続の成功例・失敗例、税務調査の実態なども織り交ぜながら、どうすれば得かを遺産相続コンサルタントのプロが指南する実録風税務専門小説。A5判・一八〇頁・一五〇〇円+税。